搖搖晃晃的人間。

余秀華・詩選

目錄

輯二　我還有多少個黎明

輯三　你沒有看見我被遮蔽的部分

輯四 我們在夜色裡去向不明

輯五　雨落在窗外

輯六 六月的愛情

輯七 微風從我這裡經過

輯八 手持燈盞的人

自序
搖搖晃晃的人間

一直深信，一個人在天地間，與一些事情產生密切的聯繫，再產生深沉的愛，以至到無法割捨，這就是一種宿命。比如我，在詩歌裡愛著，痛著，追逐著，喜悅著，也有許多許多失落——詩歌把我生命所有的情緒都聯繫起來了，再沒有任何一件事情讓我如此付出，堅持，感恩，期待，所以我感謝詩歌能來到我的生命，呈現我，也隱匿我。

真的是這樣：當我最初想用文字表達自己的時候，我選擇了詩歌。因為我是腦癱（編按：即腦性麻痹），一個字寫出來也是非常吃力的，它要我用最大的力氣保持身體平衡，並用最大力氣讓左手壓住右腕，才能把一個字扭扭曲曲地寫出來。而在所有的文體裡，詩歌是字數最少的一個，所以這也是水到渠成的一件事情。

而那時候的分行文字還不能叫作詩歌，它只是讓我感覺喜歡的一些文字，當那些扭扭曲曲的文字寫滿一整本的時候，我是那麼快樂。我把一個日記本的詩歌給我老師看的時候，他給我的留言是：你真是個可愛的小女生，生活裡的點點滴滴都變成了詩歌。這簡簡單單的一句話讓我非常感動，一個人能被人稱讚可愛就夠了。我認定這樣的可愛會跟隨我一生，事實也是這樣。

於我而言，只有在寫詩歌的時候，我才是完整的，安靜的，快樂的。其實我一直不是一個安靜的人，我不甘心這樣的命運，我也做不到逆來順受，但是我所有的抗爭都落空，我會潑婦罵街，當然，我本身就是一個農婦，我沒有理由完全脫離它的劣根性。但是我根本不會想到詩歌會是一種武器，即使是，我也不會用，因為太愛，因為捨不得。即使我被這個社會污染得沒有一處乾淨的地方，而回到詩歌，我又乾淨起來。詩歌一直在清潔我，悲憫我。

我從來不想詩歌應該寫什麼，怎麼寫。當我某個時候寫到這些內容，那一定是它們觸動了、溫暖了我，或者讓我真正傷心了，擔心了。一個人生活得好，說明社會本身就是好的，反之亦然。作為我，一個殘疾得很明顯的人，社會對我的寬容度就反映了社會的健全度。所以我認為只要我認真地活著，我的詩歌就有認真出來的光澤。

比如這個夜晚，我寫這段與詩歌有關的文字，在嘈雜的網吧（編按：即網咖），沒有人知道我內心的快樂和安靜。在參加省運會（我是象棋運動員）培訓的隊伍裡，我是最沉默寡言的，我沒有什麼需要語言表達，我更願意一個人看著天空。活到這個年紀，說的話已經太多太多。但是詩歌一直跟在身邊，我想它的時候，它不會拒絕我。

而詩歌是什麼呢，我不知道，也說不出來，不過是情緒在跳躍，或沉潛。不過是當心靈發出呼喚的時候，它以赤子的姿勢到來，不過是一個人搖搖晃晃地在搖搖晃晃的人間走動的時候，它充當了一根枴杖。

輯一

不再歸還的九月

我愛你

巴巴地活著，每天打水，煮飯，按時吃藥
陽光好的時候就把自己放進去，像放一塊陳皮
茶葉輪換著喝：菊花，茉莉，玫瑰，檸檬
這些美好的事物彷彿把我往春天的路上帶
所以我一次次按住內心的雪
它們過於潔白過於接近春天

在乾淨的院子裡讀你的詩歌。這人間情事
恍惚如突然飛過的麻雀兒
而光陰皎潔。我不適宜肝腸寸斷

如果給你寄一本書，我不會寄給你詩歌
我要給你一本關於植物，關於莊稼的
告訴你稻子和稗子的區別
告訴你一棵稗子提心弔膽的
春天

我曾經敞開的，還沒有關閉

我不想讓玫瑰再開一次，不想讓你再來一遍
風不停地吹，春天消逝得快，又是初夏了
吹過我村莊的風吹過你的城市
流過我村莊的河流流過你的城市
但是多麼幸運，折斷過我的哀傷沒有折斷過你

偶爾，想起你。比如這個傍晚
我在廚房吃一碗冷飯的時候，莫名想起了你
剎那淚如雨下。
這無法回還的生疏是不能讓我疼的

再不相見就各自死去也不能讓我疼啊
陌生的人間，這孤獨也不能叫我疼了

真是說不出來還有什麼好悲傷
浩蕩的春光裡，我把倒影留下了
把蠱惑和讚美一併舉起了
生命之扣也被我反覆打過死結
然後用了整個過程，慢慢地，慢慢鬆開

但是這個世界你我依舊共存
還是一件不可思議的事情

杏花

恰如，於千萬人裡一轉身的遇見：街燈亮起來
暗下去的時候已經走散

孤單。熱鬧。一朵試圖落進另一朵蕊裡
用去了短暫的春天
——我們被不同的時間銜在嘴裡，在同一個塵世
跌跌撞撞

多麼讓人不甘啊：我不過從他的額頭撿下一個花瓣
他不再說話

但是那麼多人聽見了他的聲音
——一棵樹死了，另一棵長出來。一個人走了
另一個走過來
一個果子落了，一朵花開出來

我們長泣。悲歡於落滿塵垢的一生，寂寥，短暫
那些散落的結繩
不過是反過來，看著它腐爛，消逝

今夜有風。流言適於內心，尊嚴也如此
家門口有一棵杏樹，是很好的一件事情

每個人都有一枝桃花

不一定，每個人都有一個春天。不一定他的肋骨上
會長出一個女子。不一定這個女子嫵媚
在風起之時揮動手帕

但我相信，每個人都有一枝桃花，結出果子以後
還是花的模樣，好像那些潰敗的命運
把燈盞舉出暗夜的水面

一個人的死，是一個桃子掉落的過程
那團出走的光，一定照見了某一段歸程

一滴香抖落紅塵幾十載，在一個輪迴裡重新坐胎

比如我，每個春天都忍不住叫一叫桃花
和它的距離不至於遙遠，不陷於親近
只是我已經拒絕了所有的形容詞，讓它在每一段歲月
沉溺於當時的模樣

比如此刻，我想起那些滿是塵埃的詩句
對一朵桃花再沒有一點懷疑

不再歸還的九月

仙人掌還在屋頂，一河星光還在
詩句裡，你保持著微風裡飄動的衣袖
我們長久地沉默，不過是疼痛不再

每天吃鹽，有的身體病了，有的卻胖了
那匹馬一過河就看不見了
風還在吹，我不知道它多長了

一個墳頭的草黃了三次，火車過去了
我記不清楚給過你些什麼

想討回，沒有證據了
我們說出了同樣的話——
我想過你衰老的樣子
但還是，出乎意料

一張廢紙

她從來就不關心政治。不關心雨天裡
一條魚會把一個島嶼馱到哪裡，所以她也不關心地理
出了村子，太陽就從不同的方位升起來
但是只要不妨礙她找到情人巷54號，那麼
她就不會關心一個男人的身體，以及潮水退卻
留在沙灘上的死魚

她更不關心死亡，和年年攀升的墓地價
所以疾病時常不被考慮，直到動彈不得
取不到陽台上的內衣

27．不再歸還的九月

飲食不被計較，青菜上的農藥，地溝油，三聚氰胺
比真正的悲傷輕多了
你能把我怎樣？如同問一份過期愛情

你關心什麼呢？他緊追不捨地問
她低頭，看見了紙簍裡的一張廢紙，畫了幾筆色
塗了幾個字
皺皺巴巴的。彷彿它從來沒有
白過

那麼容易就消逝

我沒有足夠的理由悲哀了，也不願為我現在的沉默
冠以「背信棄義」
嗯，我不再想他。哪怕他病了，死去
我的悲傷也無法打落一場淚水

從前，我是短暫的，萬物永恆。從前，他是短暫的
愛情永恆
現在，我比短暫長一點，愛情短了
短了的愛情，都是塵。

那麼容易就消逝，如同謊言，也如同流言
今天我記得的是消逝的部分，如同一個啤酒瓶
就算重新拿起來，也是賤賣
或，摔碎的可能

河床

水就那麼落淺了，不在乎還有多少魚和落花
到河床露出來，秋天也就到了
昨天我就看見瘦骨嶙峋的奶奶，身上的皮
能拉很長
哦，她為我打開了一扇門，把風景一一指給我
她的體內有沉睡的螺絲，斑駁的木船
行走路線是忘記了。她說打了一個漩
還是在老地方
黃昏的時候，我喜歡一個人去河床上
看風裡，一一龜裂的事物

或者，一一還原的事物
沒有水，就不必想像它的源頭，它開始時候的清，或濁
我喜歡把腳伸進那些裂縫，讓淤泥埋著
久久拔不出來
彷彿落地生根的樣子

南風吹過橫店

這幾天，南風很大。萬物競折腰
你看見秧苗矮下去，白楊矮下去，茅草矮下去
炊煙也矮了，屋脊沒有矮，有飄搖之感，一艘船空著
魚蝦進進出出。哦，誰嗅到了此刻的橫店村
溢出的腥味
有時候，我盤坐在星光灰暗的地方，不在意
身上的衣裳
一個村子沒有那麼容易傾塌，一個村民沒有那麼容易
交出淚水
嗯，我在的幾十年，它就在。我消失的時候

它會給出　部分，讓我帶進泥土
但是不知道在哪個夜晚它又會長出來
一個村民沒有那麼容易說出愛，也不輕易
把一棵樹從這個地方
搬到哪個地方

中毒者

每個上午，她就掘棄那些光亮：樹上的，莊稼上的，水上的
同時隱匿那些風聲：村口的，村中央的，她自己的
——作為一個曾經的造風者，她知道怎樣隱匿更安全
既然如此，她一定能夠為自己驅毒，如同蜜蜂
反飲蜂蜜
哦，這一切多麼簡單。她坐在一片樹葉上，讓身體輕下去
讓黑冒出來
這黑，如果經過化學分析，有多少種顏色啊
如果你信任，我就有三分之一的白，三分之一的紅
三分之一的五顏六色

這些，一點也用不著隱藏
只有愛情是一個冒失鬼，總是找不到原始的那一個
於是她成為一個中毒者
在一個沒有赤腳醫生的村莊

向天空揮手的人

在餵完魚以後，南風很大，大朵大朵的藍被吹來
她看了一會兒魚。它們在水裡翻騰，擠壓，一條魚撞翻
另外一條
一朵浪撞翻另外一朵
如果在生活裡，這該引起多大的事件
如果在愛情裡，這會造成怎樣的絕望
一定有雲朵落在水裡面了，被一條魚喝進去了

如同此刻，悲傷落在她身上，被吸進了腹腔

或者那悲傷只因為南風大了，一個人還沒有經過
她餵完了魚，夕光緩慢了下來
風把她的裙子吹得很高，像一朵年華
隨時傾塌

突然，她舉起了手，向天空揮動
一直揮動。直到一棵樹把她擋住

清晨狗吠

客人還在遠方
而露水搖搖晃晃，在跌落的邊緣
它急於吐出什麼，急於販賣昨夜盜取的月光
急於從沒有散盡的霧靄裡，找到太陽的位置
這隻灰頭土腦的狗

客人還在遠方
庭院裡積滿了落葉，和一隻迷路的蝴蝶
它在屋後叫喚，邊叫邊退
彷彿被一隻魂靈追趕

彷彿它倒懸的姿勢驚嚇了它
我想起有多少日子耽於薄酒
那時候它歪著頭看著我
我踹它：你這死物

面對面

就剩我和他了，許多人中途離場。許多羊抵達了黃昏的草場
而風也靜下去了，我的裙角彷彿兜起了愁苦
低垂，慌張。不，一些事情我一定要問清楚
你看，就剩我和他了

你曾經控告我：說我半夜偷了你的玫瑰
把一匹馬的貞潔放進了井裡。哦，你說你坍塌的城牆
有我攀爬的痕跡
你說如果不是把心放在保險櫃裡，你如今都缺了一部分

你說：我就是那個女匪麼？
你說我綁架過你麼，在你口渴的時候，我不曾想
用我的血供奉你麼
你說我為此荒蕪的青春有人償還不

他不說話
他扭過頭去，一言不發

屋頂上跳躍著幾隻麻雀

它們選擇好降落的地址：鄂，劃過蔥鬱的森林
小丘陵。正好看見了炊煙，紅色的屋頂
哦，那個人還在夢中

我承認先看見了它們，再看見天空
再看見天空的藍
然後看見藍天下的雲，很白，不動

我是看不見風的，如同愛是看不見的
但是樹梢在搖動

我在院子裡待了一上午
它們的閒言碎語掉了很多在地面上
毫不在意。彷彿人間本該承載

它們不擔心那片雲會掉下來
它們是多深多深的水潭

我身體裡也有一列火車

但是，我從不示人。與有沒有祕密無關
月亮圓一百次也不能打動我。月亮引起的笛鳴
被我搗著
但是有人上車，有人下去，有人從窗戶裡丟果皮
和手帕。有人說這是與春天相關的事物

它的目的地不是停駐，是經過
是那個小小的平原，露水在清風裡發呆
茅草屋很低，炊煙搖搖晃晃的
那個小男孩低頭，逆光而坐，淚水未乾

手裡的一朵花瞪大眼睛
看著他

我身體裡的火車，油漆已經斑駁
它不慌不忙，允許醉鬼，乞丐，賣藝的，或什麼領袖
上上下下
我身體裡的火車從來不會錯軌
所以允許大雪，風暴，泥石流，和荒謬

一個男人在我的房間裡待過

兩支菸蒂留在地板上了，煙味還沒有消散
還沒有消散的是他坐在高板凳上的樣子
翹著二郎腿
心不在焉地看一場武術比賽

那時候我坐在房門口，看雲，看書
看他的後腦勺
他的頭髮茂密了幾十年了，足以藏下一個女巫
我看他的後腦勺，看書，看雲

我看到唐吉訶德進入荒山
寫下信件，讓桑喬帶走，帶給杜爾西內亞
然後他脫光衣服
撞擊一塊大石頭

武術比賽結束，男人起身告辭
我看到兩根菸都只吸了一半就扔了
不由
心灰意冷

輯二

我還有多少個黎明

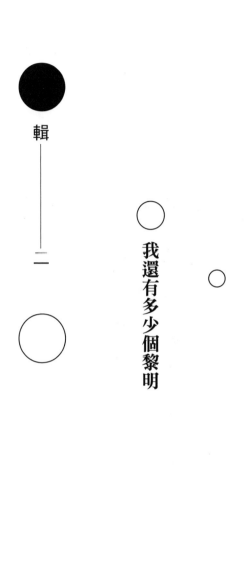

江邊

流水。盛大的恐慌，哦，你的絕望太渺小
來歷不明，非要承擔流水
我們互相糾纏，彼此釋放，把一根魚骨頭啃得
「哧哧」作響

這一天，我不相信流水
岸邊的石頭，蘆葦，水鳥，一雙紅涼鞋
它們都會到達對岸
流水如死

即使被遺留
我也不會過多地去看它的流程

我們都老了，你就沒有一點點感動嗎

不再遊戲，不再發瘋地跑到你樓下
不再被江邊的一隻水鳥無端驚起，對夕陽的光
也不再七拐八彎地描述
風起的時候，我們習慣把裙子和思想一同按下
下樓慢了，開電視慢了，對明天的計畫
小心慎重
流雲過了，流水也過了
當然，流言蜚語也跌到了低處
哦，你有斑駁之容，也有華美之姿
院子裡的一棵樹也有大片蔭涼

我們都老了
我依然說我愛你
哦，這是多少年的深思熟慮

一個人的橫店村

到了七月，萬物蔥蘢。如果一個人沉湎往事
也會被一隻蜜蜂刺傷
而往事又薄又脆，也不聽任月光和風的搖晃

有時候去看看田地，有時候去看看墳墓
拎一瓶酒，走到半路上，天就黑了
誰能斷定橫店村地下沒有一個海呢，而苦苦尋找
一片潮聲的來歷

哦，這些文藝範兒的小姿態，在一個人的村莊裡

也有落地生根的趨勢
如果一個石磨被背了幾十年，就會染上一個人的體味

時候什麼也不看，天也黑下來
這貧窮的村子裡，鬍鬚一刻不停地生長
有時候把人懸在樹上，有時候把人牽進土裡

但是一些人依然會迎面走來：大志，三狗，傳友……
還是有墓沒有盜，還是有雞沒有偷
還有沒有睡過的女人，沒有吹熄的燈火

當我對一個人示愛的時候，就如同摸一把橫店上空的雲朵
而一塊土坷垃
一定會絆倒我。而酒剛剛醒來

我摸到他詩歌裡的一團白

他一定知道，我靈魂遷徙的方向。知道一隻鳥
托著夜色起飛的負重感
文字成形的中午，他站在廣袤的棉花地裡
他的靜默，是另一處等待，無名，無望，又熱烈

而黃昏欺近。他詩歌裡的詞語有了時辰感
我說不清楚流淚的原因。生病的左手彷彿牽住了他
的衣角
隔著山嵐與河流
也不知道一團白從何處來，照亮我的眼淚和無辜

生活讓我們都無法走更遠的路，連抒情的聲音也
越來越微弱
我想起在一場愛情裡，我也這樣流淚過
便把酒杯裡的酒，都倒進了酒窩

女人的馬

最初，她是紅色的，在木橋上搖搖晃晃
也可以被一隻紙船馱到對岸。那時候它的耳朵夾了一朵野花
對未來的日子滿心歡喜
那個時刻，隔壁的阿強在河邊摸蝦，短褲的鬆緊鬆了
滑到腳邊

過了木橋，馬就白了。她不知道它是怎麼白的
她的裙子也是白的，憂傷也是白的，如一朵蓮花
在風裡飄飄搖搖。讓人不好琢磨
她騎馬穿過林蔭道，總是想流淚

回來，馬就變成褐色的了，她也不計較了
她餵它好飼料，讓它飲最乾淨的月光，而它
還是瘦了

一段時間，馬眼睛裡都是憂傷，她就生火做飯
現在好了。它的眼睛裡有了藍天白雲
她讀詩的時候，它的耳朵不停地搧動

這一天，我失語了

他來的時候，我在晾衣裳。南風很大
總把我的一件露肩的花裙子吹落在地上
我也不知道我這把年紀了，還適不適合穿這樣的花裙子
但是我很認真地穿它，還擔心很快
就把它的顏色穿掉了

他嘴角的微笑忽明忽暗，哦，我是感覺到的
不是看到的
我的眼睛只有在看天空的時候才是明亮的
——他知道我的心意？

或者只是看見了我胸口處的一大朵玫瑰？

他走的時候，我把裙子晾好了，用了兩個衣架
現在它在風裡胡亂地搖擺
如同一隻被掐住的蝴蝶
蝴蝶老了是什麼樣子呢？
我看見天空，藍得要命，沒有一朵雲

病體

他在對面的梯田上，拎一瓶酒
他的白襯衫裝滿了風。那時候太陽低了
大片的陰影覆蓋過來。之所以能夠看見他
是全部的秧苗都綠了，而他白得忘乎所以

他不是一個善飲的人，他的酒來歷不明
六十度，他看了看，對數字並不介意
如果天氣到了六十度會怎樣呢？
哦，如果一個人的體溫六十度會怎樣呢
杜鵑一聲橫鳴，他渾身一冷

菸呢
那個女人給了他一支菸，他沒有點燃
那個女人咳嗽不停，顫抖半天
眼裡的淚憋了半天
沒有把菸點燃

我還有多少個黎明

好運氣已經太多了，時光充裕，夠哭好幾場
比如黎明，我站在屋頂上，太陽一定會升起來

到了這把年紀，該說一說人生況味啦
我們把自己放進許多尾巴，說自己是一條
脫了毛的土狗

黎明總是匆匆忙忙趕來
連一個「老」字都來不及說
昨天的酒在我肚裡搖晃了半宿

65．我還有多少個黎明

我一定不知道自己是怎麼死的
我急急忙忙趕路，不知道身體裡有了多少病毒

我還有多少黎明
這麼一問，洩漏了我奢侈的本性
省略了太多隱匿：一個酒壺裡的事件

可是，我對明天清晨依然
深信不疑

假如開出一朵花

雖然在村莊，在沒有車馬經過的早晨
我還是不知道拿它怎麼辦

因為多麼瞭解那個過程，從水裡捧出火的堅決
和一開到底的絕望

我們都是開放過的人
被生活吞進去又吐出來，也被命運俘虜過
它總是有些瘦弱，被窺見的，被隱匿的

那些情感在選擇合適的時候，合適的花瓣
這個時候，我是去追逐一列火車
還是一場雨水。我們對這個世界深信不疑
我總是情不自禁地說服自己
就讓一朵花走進燈光，再隱退於黑暗

輪迴到這裡
彼此相望，各生慈悲心腸

無題

對吐出的毒，我毫無羞恥之心
我的骨頭在這一次次嘔吐裡白起來，白進月光

如同每個清晨，我雙手合十，祈求神光
抵達心臟
把我在塵世裡的積垢一一洗去，讓一棵樹
在這裡婆娑

然而這愛依舊。彷彿不能隱退於光芒的塵埃
背叛，骯髒，眼淚，罪惡一直在我們的肉體裡

讓我們不得不恨，也不得不愛
我把毒吐在正午，陽光盛大的時候
這不加掩飾的罪惡，我毫無羞恥之心
雖然我不知道我肉體的潰爛會不會在這一次次疼痛裡
慢慢復原

水瓶

整個房間，唯一能抓住我，久久不放的就是這個
五塊錢買回的水瓶
我們也有過相愛的日子，我給它玫瑰，給它茉莉
讓它在沸騰的水溫裡丟掉顏色，羞赧，和端正的樣子

此刻，它在我手邊，不指望說出什麼
昨天我把酒倒了進去
面對我這個大逆不道的劊子手，它一言不發
哦，得了吧。我說，這世界成千上萬的藥，我沒有裝進去過

它們在我的身體裡
倒是倒不出來的

它的藍有了斑駁，彷彿生活。不管多愛惜
我已經很久沒有喝茶了，玫瑰長黴了
但是在這個簡陋的房間裡，我想起有玫瑰在呢
總是莫名歡喜

歡喜得它想給我一個耳光，並大段陳詞，說我對一段愛情
不能善始善終

在哪裡能遇見你

在一個上坡，在黃昏的寂寞裡
在人到中年的小心翼翼
而我，還是那個身披霞光的人
雨水流過山嵐，孤獨如杜鵑開放

想起你，如一團蜜，甜到苦
我們的緘默各有原因

可是，有的故事不能用方言講述
如同你。你懷裡的花朵藏著枯萎

不碰，我們彼此是彼此
一碰，它就落

即使遇見，我也不能改變蝴蝶的習性
你也不會知道它為何飛過
滄海

為何在你的疑問裡
招來一場雨水

富翁

常常有說不出的喜悅，彷彿一輩子揮霍不盡
當我從屋後經過一個樹林，陷入遼闊的荒原

偶爾看見一兩個小小的羊群，看見小女孩或者
垂垂老者
這時候天空晴朗，風移動著幾片雲影
那時候我們都在一隻船上，在整個大地上微微蕩漾

如果黃昏來臨，烏鴉飛得很低，烏雲也低下來
我知道這個時候天空也俯下身體，神的底座時隱時現

我整個祕密一定被截取
如同我也獲知閃電的居潭一樣

此刻，長久的幸福會在我心底盤旋
我願意放手在紅塵中一路跟隨的夥伴
只被這荒原認領

哦，七月

這些漫長的白日啊，再沒有夢可以做
耕種的人和收穫的人都隱匿了起來，我將長久地
孤獨下去

皮膚表面，是觸不到往年的熱了
如果還有愛情經過，它一定是冷涼的
像溫度計剛剛塞進腋窩的時候
哦，我已經無病可醫了，但不妨礙我做一個病號
其實南風裡我們無事可做。心情贖了回來

但是命運沒有改變河道
也不容易漲一次潮了，也不會摸到
一條魚的光滑

但是這些沒有妨礙我們逸享以後的日子
我首先露出了紙質身體
足以寫許多謊言，寫到你信以為真

嘲弄

這些，都是可以被熄滅的，白日夢，燈盞，飛行的速度
包括這一句一句的詩歌
這些，都是可以被打碎的，明天，世界，內心的次序
和去世界各地遨遊的計畫

哦，我這個沒有出息的女人，反覆死去，復活
我這個把生死捏在手心
它炙熱起來，我就忍不住大聲叫喊，彷彿我的貞潔
還有被維護的必要

79．我還有多少個黎明

如果此刻，你來敲我的門呢，如果月色剛剛好呢
好到我恰恰見過的程度
我們都在腐朽，下一刻無法挽回了
該怎麼給你呢，你還是比這一切都鮮活

你去告訴他們吧
我真是無可救藥

雨夜

懷抱燈盞的人坐在麥芒上，村莊又苦又重
馬匹上午就經過了，月光和鹽都沒有卸下
她衣衫襤褸，一顆破舊的靈魂從
祠堂前面低頭經過

水上面還有打坐的人，他的經文漏水
那個把乳房呈現給他的人此刻
半身落水

大片的雷聲憋在腹腔

一棵樹會在何時懷上花朵，一條蛇會在哪裡劫取彩虹
大風經過午夜，萬物競折腰
有多少哭聲和陰謀一筆帶過

而我的細微的哀愁
多像對黑夜的一種成全

輯三

你沒有看見我被遮蔽的部分

抒情．盲目

總是在遇見你的時候，世界暗淡，枯萎
彷若我吐出了多年的毒
於是憂傷翻倍，讓我顧此失彼

期待塵世的光照耀，多麼奢侈啊
——我要在傍晚的時候走進你的菜園
在白菜上捉蟲

而這些想像，和你不經意的一瞥
都被我撿進了詩裡

這是一條岔路
但我總有　些憂傷的，如熟透的果實
一晃，就掉落
雨一下，就腐爛
我還是要在傍晚的時候去看看你
把這絕望再
重複一遍

一隻烏鴉飛過中年的黃昏

慢下來了。雲和風都慢了下來，草木低頭的弧度
包括她腋下的閃電

美被過度利用，有了疲憊感，不動聲色
一棵樹綠出了暗淡，而沒有留意到烏鴉投下的
影子

光線也慢了，在風裡搖擺
我是能夠抓住它的，且在晚餐的時候把它
吃進去

烏鴉越飛越低，最終被田野的空曠吸了進去
我發了一會兒呆
就原路返回

此刻，月光灑在中年的庭院

一個人進屋，關門，用手擋住庭院的月光
停滯的事物已經夠人受的了，還有更多的正在停下來
一個人到了能吃進鉛的年紀，才不管身體是不是越來越重

一些詞的辯證讓人頭昏腦脹。還有讓人膽戰心驚的青春
及它流逝的樣子
哦，如果返回去，他依然不知道把一個家放在誰心上

一個人就是一片荒原，偶爾有房客，有雷聲
有春暖花開

它們凋謝的速度比綻開的決心快多了，如一個個蟲眼
疼到晚餐的時間

那時候有馬匹，有革命，有暴亂和叛徒
他惡狠狠地把自己扭起來，再猶猶豫豫地摸平
再試探著重新長出草，覆蓋流逝的水土
和地面深處的岩漿

如今，他該有的都有了
這是風不時地吹來，沒有誰看到他的慌張

屋後幾棵白楊樹

有風和無風，它們的樣子是差不多的
我更喜歡它們有風的時候
一片葉子會撞到另一片葉子
一群葉子會撞到另一群葉子
卻和魚一樣，沒有傾覆的可能
夏天的時候，一個村莊的天空藍過另一個村莊的

站在白楊樹下面，它們很高
炊煙飄起來，和它們差不多
它們蒼翠的樣子讓人覺得生而有福

覺得一輩子不會缺水
它們的字典裡沒有「凋謝」的詞組
這就省了不少事情

當我在屋後的半坡上看它們
它們就矮了，矮到不會觸碰任何一場事故
而屋子就是匍匐著的
彷彿這樣易於一場風過境
也易於人上屋頂翻看破損的瓦片
以及死後，對門楣的辨認

這個上午，我就看著它們
似乎不該有多一點點的哀愁

鄉村的鳥飛得很低

我在斜坡上看見它們飛得很低
有時候比白楊樹高一點，而白楊樹總是含著羞赧
它們從天空並沒有撈到什麼好處

有時候它們飛過我的頭頂
一聲叫喊落下來，我也不會相信天上的雲
落下來了

來自早年的絕望如一個泥潭
我以為腋生兩翼就能飛過人間

如果順風，就能抵達太平洋，一路花草繁茂

那些在草地上蹦來蹦去的麻雀兒
給了我對事物懷疑的快樂
翅膀來自哪裡

它們說：飛得高有什麼用呢
餓的時候
就會落下來

一包麥子

第二次，他把它舉到了齊腰的高度
滑了下去
他罵罵咧咧，說去年都能舉到肩上
過了一年就不行了？

第三次，我和他一起把一包麥子放到他肩上
我說：爸，你一根白頭髮都沒有
舉不起一包小麥
是騙人呢

其實我知道，父親到九十歲也不會有白髮
他有殘疾的女兒，要高考的孫子
他有白頭髮
也不敢生出來啊

可疑的身分

無法供證呈堂。我的左口袋有雪，右口袋有火
能夠燎原的火，能夠城牆著火殃及池魚的火
能夠覆蓋路，覆蓋罪惡的雪

我有月光，我從來不明亮。我有桃花
從來不打開
我有一輩子浩蕩的春風，卻讓它吹不到我

我盜走了一個城市的化工廠，寫字樓，博物館
我盜走了它的來龍去脈

但是我一貧如洗
我是我的罪人，放我潛逃
我是我的法官，判我禁於自己的靈
我穿過午夜的郢中城
沒有蛛絲馬跡

你沒有看見我被遮蔽的部分

春天的時候，我舉出花朵，火焰，懸崖上的樹冠
但是雨裡依然有寂寞的呼聲，鈍器般捶打在向晚的雲朵
總是來不及愛，就已經深陷。你的名字被我咬出血
卻沒有打開幽暗的封印

那些輕省的部分讓我停留：美人蕉，黑蝴蝶，水裡的倒影
我說：你好，你們好。請接受我躬身一鞠的愛
但是我一直沒有被迷惑，從來沒有
如同河流，在最深的夜裡也知道明天的去向

但是最後我依舊無法原諒自己，把你保留得如此完整
那些假象你還是不知道的好啊
需要多少人間灰塵才能掩蓋住一個女子
血肉模糊卻依然發出光芒的情意

匪

他的刀架在我脖子上了，而我依舊在一個繭裡
做夢
——八萬里河山陽光湧動。
我的嫁妝，那些銀器粼光斑斕

交出來！
他低吼。我確信有一盞燈把我渡到此刻
他的眼神擊穿了我
不管一擊而斃還是凌遲，我不想還擊

能拿走的，我都願意給
在這樣風高月黑的夜裡，只有抵當今生
只有抵當今生
才不負他為匪一劫

溺水的狼

一匹狼在我的體內溺水，而水
也在我的體內溺水
你如何相信一個深夜獨坐的女人，相信依然
從她的身體裡取出明豔的部分
我只是把流言，諍言都摁緊在胸腔
和你說說西風吹動的事物
最後我會被你的目光蠱惑
掏出我淺顯的一部分作為禮物
我只是不再救贖一隻溺水的狼
讓它在我的身體裡抓出長長的血痕

你說，我喝酒的姿勢
多麼危險

下午，摔了一跤

提竹籃過田溝的時候，我摔了下去
一籃草也摔了下去
當然，一把鐮刀也摔下去了
鞋子掛在了荊棘上，掛在荊棘上的
還有一條白絲巾
輕便好攜帶的白絲巾，我總預備著弄傷了手
好包紮
但十年過去，它還那麼白
贈我白絲巾的人不知去了哪裡
我摔在田溝裡的時候想起這些，睜開眼睛

雲白得浩浩蕩蕩
散落一地的草綠得浩浩蕩蕩

在打穀場上趕雞

然後看見一群麻雀落下來，它們東張西望
在任何一粒穀面前停下來都不合適
它們的眼睛透明，有光
八哥也是成群結隊的，慌慌張張
翅膀撲騰出明晃晃的風聲
它們都離開以後，天空的藍就矮了一些
在這鄂中深處的村莊裡
天空逼著我們注視它的藍
如同祖輩逼著我們注視內心的狹窄和虛無
也逼著我們深入九月的豐盈

我們被渺小安慰，也被渺小傷害
這樣活著叫人放心

那麼多的穀子從哪裡而來
那樣的金黃色從哪裡來
我年復一年地被贈予，被掏出
當幸福和憂傷同呈一色，我樂於被如此擱下
不知道與誰相隔遙遠
卻與日子沒有隔閡

星宿滿天

這愛的距離，不會比在塵世裡愛一個人
遙遠
也不會比愛著一個人的時候幽暗

我只是對這長久的沉默著迷
也深陷於這無垠的空曠裡的一聲嘆息
和這嘆息裡萬物起伏的身影

我們不停運行，並聽到浩淼水聲
只有一種注定：我在擁抱你之前

即化成灰
只有一種願意：在傷口撕開之前
泯滅於此

只有此刻，我不用遙望的姿勢
而是在不停穿行
你是知道的，在萬千花朵裡把春天找出來
需要怎樣的虔誠

這一天

風從田野裡捎來清晨，捎來蘋果的味道
如此透亮的日子，當贈一壺憂傷
淡淡熱氣浮懸，苦而不致刺喉

這一天因為預備過久而大而厚
如同我處在的漢江平原
連落日也大過其他的地方

可是，儀式又過於簡單：
我的手陷在你手裡

你此刻的衰老，疲憊陷在我眼裡
時間消逝的過程如此神奇
當我看不見你的腳的時候
想突然抱住你
——你必須允許我犯罪
我把前半生和以後的光亮
都聚集在了這一天

瓷

我的殘疾是被鐫刻在瓷瓶上的兩條魚
狹窄的河道裡，背道而行

一白一黑的兩條魚
咬不住彼此的尾巴，也咬不住自己的尾巴

黑也要，白也要
我只能啞口無言，不設問，不追問

它們總是在深夜游過瓷瓶上的幾條裂縫

對窺見到的東西，絕口不提
假如我是正常的，也同樣會被鐫刻於此
讓人無從抱怨

割不盡的秋草

我不再注意那些秋草，不再關心它們沒及我的脖子
在大地上割草，從春到秋
而土地的祕密越藏越緊。甚至傷口都是謊言

除了與你，我與大地上的一切靠得很近
比如這個下午，一群人抬著棺材經過
他們把雲朵扯下來，撒得到處都是

割完草，我倒在荒草裡，它們藏起我
比任何事情藏起我都容易多了

我這空蕩蕩的皮囊，連欲望都洩了一半的氣

只是憂傷沒有這人生潦草。草裡露出幾個空酒瓶
我忘了什麼時候喝的
它們杯口朝北，在風裡打出幽暗的口哨

除了割草，我幾乎無事可做
甚至面對天空交出自己也是多餘的事情
一個人身上是層層疊疊的死亡和重生

輯四

我們在夜色裡去向不明

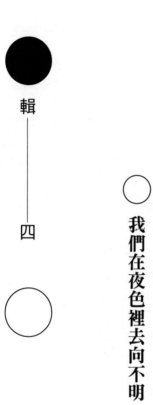

愛

我們說到愛，說到相見，彷彿大地給了我們容身之所
不斷靠近的星群，頭頂上的流水之聲
甚至匯湧到秋天莊園裡的花朵
這些驚悚之美，沒留下回報的餘地

這之前，我愛過白露，白露下寂靜的墓園
愛遼長的黃昏，和悲哀的鴉群
愛雨水之前，大地細小的裂縫
也愛母親晚年掉下的第一顆牙齒

我沒有告訴過你這些。這麼遼闊的季節
我認同你渺小的背影
以及他曾經和將要擔當的成分

在我們腐朽的肉體上

沒有遭受禁錮的：自由和愛
這滾了一輩子的玉珠，始終沒有滾出我們的身體

為了獲得，我們獻出青春
為了證明，我們接受衰老

而這心靈，依舊奔赴在路上：與你相遇
談論詩歌和仰望星辰

時間停頓的部分，總是讓人哽咽

這腐朽的肉體想給的答案，一直在雨裡
我一直無法壓抑
以腐朽親吻你肉體的衝動

如何讓你愛我

如何讓你愛我，在我日漸衰老的時候
籬笆上的牽牛花兀自藍著
比天空多些憂傷的藍

如何讓你愛我，在我更為孤單的時辰
村子裡的穀子已經收割，野草枯黃繁茂
你在滿天星宿裡
怎麼能找到來路？

我只有一顆處女般的內心了

它對塵世依舊熱愛，對仇恨充滿悲憫
而這些，在這孤獨的橫店村
彷彿就是在偷情
許多人知道，沒有人說出

我不知道愛過又能如何，但是我耐心等著
這之前，我始終跟順一種亮光
許多絕望就不會在體內長久停留
甚至一棵野草在我身體上搖曳
我都覺得
這是美好的事情

田野

一

這是在八月，在鄂中部，在一個名叫橫店的村莊裡
風，水，天空，雲朵都是可以觸摸的，它們從筆尖走下來
有了溫度，表情，有了短暫的姓名和性別
於是它放出了布穀，喜鵲，黃鸝，八哥和成群結隊的麻雀
於是它種植了水稻，大豆，芝麻，高粱
它們在清晨，在同一個光的弧度裡醒來，晃動身姿，羽毛，叫聲
晃動日子的富足和喜悅
這是在橫店村裡，被一個小女人喚醒的細節，翠綠欲滴

它們一個搧動翅膀，一群就奔跑起來，田野彷彿比昨天廣袤

二

我始終相信，一個地域的開闊與一個人的心有莫大的關係
我見過在無垠的草原上
被圈養起來的牛羊和人，和棲息在籬笆上的鷹
在橫店，起伏的丘陵地形如微風裡的浪

屋宇如魚，匍匐在水面上，吐出日子，吐出生老病死
和一個個連綿不絕的四季
我說不清楚，四周一天天向我合攏的感覺，我離開的一天
會不會有一棵花椒樹早早地站在我頭頂

三

下午，我散步的時候，一隻鳥低低地懸在那裡
承受天藍的蠱惑，不停地從翅膀裡掏出雲朵去擋那樣的藍
而稻子抽穗了，一根一根整齊而飽滿，微微晃動
我多想在這樣的田邊哭一哭啊
它們溫柔地任憑時光把它們往九月深處帶
一根稻子就能夠打開關於田野所有的想像，它的沉默和高傲
憂傷和孤獨
它們的隱藏裡，有懷孕的老鼠，剛出殼的麻雀和野雞
這都是田野富饒的部分

如果傾述……

我已經不再說到疼，說到五腑裡的火焰
我有著比這八百里深秋更嚴肅的沉默
要經歷的都經過了，沒有受完的苦
也會如期而至

沒有開始就已經結束的人生
哦，那些愛恨曾經緊緊抓握過我
一個沒有家的女人被大地接納
且許給我蒼老

沒有比這更重要的事情了
我還活著。為這塵世背負苦難
如一片搖搖晃晃的銀杏樹葉子
為雨水指出河流的方向

我也不會再說到愛，說到玫瑰色的黎明
我愛這被秋風吹過的湖面
和那剛剛響起
就已銷匿的鐘聲

一朵雲，浮在秋天裡

白，白得有些疼。天空藍，藍得也有些疼
我在門口的池塘看見它，如同看見我自己

葉子噗噗下落，事物彷彿都大了起來
一個空間從我的身體裡擴散，出了村子，沒有了邊

割草的時候，我卻是安全的
食指上的第二個傷口已經結了疤

固執地以為，我得去遠處活一回

如果我失蹤，有馬匹會嗅著我的氣味追隨而來
所以，我允許自己一輩子都活得這麼近
把最好的光陰攥在手心裡
我知道，我去了遠方，能夠再回來
就會離自己更近

下午

只是，這近處的鳥鳴壓住了村莊四角
人間不會高過一棵白楊樹，而有可能低於它的倒影
假如四月的風曾吹拂過地下的魂靈

他們是靜的。他們舉進風裡的草也是靜的
一些口號聲不會高過一些私語
雷霆也讓步於一個人骨骼間的轟鳴

只是時間無語。

一張火車票在風裡打轉，被一棵樹擋下來
一個人去遠方活一天的願望也被擋下來
那麼多事物退讓了，人彷彿能隨處安家

她不相信電影裡為自由赴死的人群
他們身體裡的枷鎖
在高遠的藍天下沒有發出聲音

只是時間無語。

荒原

你不知道在這深秋能把光陰坐得多深
一棵樹的祕密不會輕易坦露給一個人
你以為從春到秋，一棵草已經坦露了所有：

喜悅，悲憫，落魄，枯萎
這些詞在午夜微光搖曳，親切友善
它們對應著一片天空，無數星群

你去過的草原和沙漠，我也去過
你喝過的葡萄酒和鴆毒，我也喝過

你流浪的時候，我也沒有一個自己的家
大地寬容一個人的時候，那力量讓人懼怕
這荒原八百里，也許更大
不過一個寂寥的寺廟，修行的人仍心有不軌

你身體尚好，樂意從一個荒原走到另一個荒原
你追尋最大的落日
想讓自己所有的嗚咽都逼回內心，退回命運

我就在這裡，哪裡也不去
我喜歡那些哭泣，悲傷，不堪呼嘯出去
再以歡笑的聲音返回

秋天的河面

傍晚，河邊的空氣都溫柔起來
夕陽恰到好處地落在水面上，波光粼粼
那些迷人的光線把動盪輕輕藏起
必須把目光移至對岸青山，和青山之上的天空
才能脫身於這般誘惑

許多日子，我在它身邊久坐
一次次在它不停上漲，要沒過我的錯覺裡站起身來
頭重腳輕
如同青山和天空都擱在肩頭

如果此刻，剛好有一隻水鳥落下，我就再不能站起

撿一塊石頭，扔進水裡
如同把愛扔了進去
一圈圈擴散的水波，是一個匆忙消逝的過程
我撿的石頭越來越重
也無法挽留這失去的片刻

與一條河對峙：除非永久的沉溺
倒映著的天空和我患有同樣的病疾
河裡一定有醒著的屍首，它不能閉合的眼睛
讓我在打一個冷顫之後
乖乖掏出讚美

西紅柿

我還是把一聲歡嗚摁在腹腔，這個清晨。
走進廚房，幾個西紅柿把我抓住了，哦，它們
是從彭墩村撿回來的不合格的西紅柿，不是大一些
就是小一些
但是它們的甜味一定是準確的，包括酸味
我一刀切下去，力度也是準確的
生活如此被繼續。被切開，被端上火焰
由於胃不健康，大部分被倒掉
這是一個從清晨到日暮的過程，或者是從
相思到放逐

從愛到被愛，從傷害到寬容
手持刀片的人相信刀片。而西紅柿相信它的誠懇
這人間煙火

疤痕

昨天，他來看我，問我兩個膝蓋的疤痕從何而來
我告訴他：割草割的。
他說以後我幫你割草。我說：不！
我說橫店村的土壤適合長草，但是沒有土壤能長出玫瑰
沒有一棵狗尾巴草能誘惑我，沒有一塊烏雲能
讓我屈服
我不曾想我的安靜和寬容能招來示愛者
被拒絕後，他散播謠言。唉，我是否應該告訴他：
我腿上的疤痕，是喝酒以後割的
我喝酒是因為我愛一個人呢

我是否應該告訴他：我身體的疤痕到處都是
他要的美，我無力給呢
我是否應該對他說明白：每一個明天我都不確定是否還在
我的力氣只夠活著
但是我不會說，說出來他也不會懂

我們在夜色裡去向不明

一

這樣真好，如同在深山裡撥琴
聽見的是些石頭，枯葉。水也不大流了
欲斷未斷
後來，人也索然無味，不洗，不道晚安
惆悵睡去

月色照不照，深淵繼續深著
我說時光的潭裡，下沉的途中我們應該有

一些恐懼
我說的是應該。這與已經到來，未曾到來的
沒有關聯

夜色一次次降臨，沒有倦意
我們怎麼對峙，都會蜷曲起來
阿樂，這與擁抱的姿勢不同，相同的只是
一點可有可無的情緒
而我們從來沒有道過晚安

二

我一旦安靜，就被套上枷鎖與時間拔河
如果我不餓就會很使力
如果我沒有吃晚飯，我就賴在地上

任由它拖著我
如一隻不吠的狗

結果是一樣的，讓人歡喜，也憂愁
哦，對於另外的人也許不一樣
他們在火車上去另外的地方
背另外的台詞
一不小心，一語成讖

而你，一個小城市的戲子，主持人
泥鰍一般困在漢江邊
困就是成全
一個人不應該把江湖之氣全部收入
看一個城市的目光

三

動盪的生活和生命是不會褪色的
我的嚮往
阿樂，我們都在犯罪
我在村莊裡被植物照耀
你在城市裡被霓虹驅趕

我們害怕失蹤，把自己的黑匣子緊緊抱住
哪怕死，也是在自己的
血管裡
我對我的熱情和你的冷漠都失去了
耐心

活與不活真的是另外一件事情

只是我們明白無誤地存在了好多年
真是不可原諒
你咳吧咳吧
只是不要吐出濃痰

四

唉，我一直改不了潔癖
受不了愛的人在我面前挖鼻屎，吐痰
可是一個農民的屍體被挖出來
我不停嘔吐
卻還想觸摸

不停湧來的死亡，我輕飄飄的
當然我不會去抓你，阿樂

你的存在不是讓我去抓
而是讓我拿起刀子就知道
如何去剔

但是還是算了吧
誰都會越來越輕，何況是你
寫到這裡，突然無語
你睡你的，我坐我的
春天八千里

那些樹都綠了

下午五點，陽光變得好起來
橫店村變得好起來，那些樹變得好起來
沒有風，它們卻都有一個弧度
小小的，被彼此憐愛
一棵草觸碰了另一棵草，還是那樣的弧度
但是影子慢慢長了
一個蹲在地上的人的影子也長了
螞蟻追趕著
螞蟻在什麼地方都光明磊落
我允許腰部微微的疼痛

允許安靜如此
同時允許一隻誤入橫店的鳥
驚訝地大叫

雨落下來

一

雨先落在郢城，氳開一朵朵霓虹。再過漢江，落進橫店
雨先落進一雙牛的眼睛，才落進橫店
雨在快落下的時候才被看見，落下了才是成全
那個從橋那頭跑過來的人，淋濕的部分如一朵火焰
蜷縮成一朵花被他摟緊
「這是個錯誤，我要偷的是一頭牛
花的盛開和凋謝在逼迫我犯罪」

二

一個人不可能看到一柱雨的全部，被豎立起來的冷
它落下的姿勢是歷經萬千後站到高空
用力一跳
形同愛情的粉碎。成全輪迴也抵抗輪迴
它輕蔑地從我窗前落下去
輕蔑地看我一聲驚呼發不出口
在地上的雨，我不相信一朵抱住了一朵
一朵原諒了一朵

三

雨落在樹葉上，滑了下去
雨落在花朵上，滑了下去

土地濕潤的過程不是一個人看到的過程
假象被掏出來，越發說不清楚
我承認這被圍困的過程，也熟悉了慢慢抽離的方式
當世界明晃晃的
我繼續以我的塵垢送上祝福

莫愁街道

初春。夜色裡老柳剛抽綠
從陽春酒館出來，她就掐滅了菸頭，她紅色的指甲
一晃。火苗陰冷

爆米花的老頭還在街口，白熾燈昏黃
誰會在深夜吃它呢？只有生活的殘渣不停從嘴角
掉下

月季花沒有開。等她注意到它
總是凋謝的時候

一朵花有兩個春天是不公平的

手腕上的刀疤，月光照著會疼。汪峰嘶吼著
「我們生來孤獨」
身體裡的蛇放出來，不會咬到人，又回到體內

她看見另一個她：老公癱在床上
他從來不知道他吃藥的錢藏在她身體哪個部分
她在自來水龍頭下洗去胭脂

那個瞎眼的算命先生還沒有收攤
他隔一段時間就叫一聲
——新年伊始，看命要緊啊

此刻

一

裹著綠葉出生的人，和卸下秋風死去的人
他們相向而行，直到背道遠離，塵埃飄起來
落下去
有人從鞋底搬出石頭，填至河邊
依舊有人選擇溺水

二

日月旋轉。可是一切過程就是過程
時間如同一個荒誕的理由

三

我！我是存在的嗎
那麼王鬍子也是存在的，從江南到漠北
時間鋪得越來越稀薄，壓不死人
但是昨天刮乾淨的臉又長出了鬍子，神祕又悲涼

四

有人在北京，在天安門，想讓夜燈流進胸口

他是單純的
物外為肉體，歡樂和悲傷
他把自己剔出來，還是無法還原

五

貓在樓梯時候上上下下，我聽到它的腳步聲
然後是電腦風扇嗚嗚的
這樣多好，我說不出來它有多好

六

你要相信，我故意不把根源說出
它必將呈現

輯五

雨落在窗外

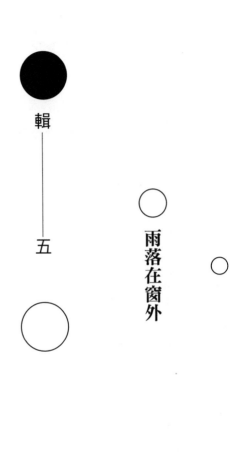

潛伏

但是它終將暴露，一朵桃花預謀了許久，一呈現
就凋謝
——我的日子只與桃花有關：俗豔，好活而苟活

但是它也不會暴露，一些纖細的真理，關於溫暖，怨恨
一個人的來龍去脈，一些日子的往來
我們說著說著，就離題千里

我厭倦的黃昏，不是因為一貫的病症
繞來繞去的囈語

哦，這麼長久地活著，耗費了多少耐心
他們在詩句裡把詞語搬來搬去
把一個人對世界的看法搬來搬去
我以為，划過一條小河，在村莊裡散步，就夠了
有那麼多的事情，那麼多經驗
無疾而終

初夏，有雨的下午

它們小跑起來，河流在海的入口，雲朵變綠
布穀第一次叫響，雨滴時緩時慢
一棵樹聽見花朵叩門聲：我在海底等你，不見不散

一個村莊容納一個女人，穿粗布衣裙的女人
她恍惚的心思被一串雨，「啪」打進一棵香樟樹
她的質地粗糙，憂傷也無華麗之感

點燃了，飄飄忽忽的劣質香菸，菸灰慢慢堆長
陡然掉落

——這和日子不一樣，她說

不耐煩的時候，是虛無等一場虛無
就是說果實掛上枝頭也被懷疑
何況，來路漫長

但是它們，它們知道去向哪裡
清晰的
讓我無比疲憊

太陽照在一棵月季身上

同時照在我背上，照在核桃樹，葡萄樹，和小麥油菜身上
蹲在一棵月季旁邊：它小小的葉片在風裡搖晃
無法預計的花期沉睡在莖裡
還要等多久？我的影子覆蓋在它身上
在橫店，在富饒的江漢平原，在鄂中部
我們不知道從哪裡要來了一個春天，裝滿了口袋
它裝滿了花，我裝的是開花的心意

太陽照在一棵月季身上，同時照在二叔的屋脊上
鰥居多年的二叔學會了蒔弄花草

他說，它們都有開花的欲望，開不開的沒關係
它們的綠葉在晃動，這就是好的
它們能被太陽照著，這就是好的
太陽同時照在你的，我的，它們的身上
這樣的好我是說不出來的

我們又一次約會

五月。白楊樹綠了，花椒樹綠了，哦，人間
預謀的花朵打開，意外的雨水到來
我必然以握住閃電的決心握住你

你站在麥田那頭對我招手，風把你吹得單薄
如一塊暗淡的色斑
但是你把一團光舉得那麼高

是的，要又一次相聚
你知道我的田野多麼豐盈，你從哪個方向走來

都會碰到枝頭擱不下的綠

我老了，這無關緊要
你應該對我持續到年邁的情誼懷抱感激
如同感激大地又一次花紅柳綠

與道北的耳語

萬物先於我們打開：比如此刻，流動在麥田上的月色
雨後的，在微風裡輕輕搖擺的月色
麥子自己收割了自己，然後低下頭把自己交給
餘下的儀式
我也完成了對你的愛，剩下的光陰
就讓吹過麥田的風吹著
你要相信一個農人的愛情，經過的流水，黑暗，颶風
以麥子的姿勢呈現：褐色的
被包裹的白不是一種色彩
我能給的，不過如此。不過是需要你在黃昏裡

掐滅菸頭，仔細打開
哦，你在一個農人的愛情裡找不到一個虛影
陽光灼灼

雨落在窗外

但是我依舊待在被烘乾的地方，喝完一瓶酒
把瓶子倒扣，推倒，扶正
再倒扣
窗外的雨忽略著我：一滴抱著一滴，落下
一滴推著一滴，落下
融合也是毀滅，毀滅也是融合
但是一個人要多久才能返回天空，在天空多久才要到
一個落下的過程
——當我把一段菸灰彈落，另一段菸灰已經呈現
我把一個人愛到死去

另一個已在腹中
雨落在不同的地方就有不同聲響
沒有誰消失得比誰快
沒有誰到來得比誰完整
沒有誰在雨裡，沒有誰不在雨裡

停頓

它渾身透紅，立在枯了的草尖上
——這一聲驚嘆

第三次回頭，它還在
風把草壓下去，又讓它彈起來
它倔強地停在那裡

萬物都和我一樣，忍受了那樣的紅
翅膀搧動的頻率

我放下鐮刀，一動不動
美再驚悚，也不得不心生敬意

哦，這該死的蜻蜓
讓流雲也停頓

九月的雲

真的，那麼白。能把人壓死的白
讓人死去就不想活過來的白
摳了一輩子，也摳不出這樣的白

下午，我被這幾朵雲摁住呼吸
滿場的稻子沉默
懸在屋簷的絲瓜不語

一群麻雀夾著翅膀從白楊樹縫裡穿過
它們要等這片雲過去

而且沒有回聲

我這一次說到幸福

沒有那麼提心弔膽

霜降

再怎麼逃，你的鬍子也白了
早晨，窗外的香樟樹有另外的反光
落在上面的麻雀兒有著和你我一樣大小的心臟
我哆哆嗦嗦想把一句話說完整，還是徒勞
遠遠看去，你也縮小為一粒草籽
為此，我得在心臟上重新開荒了
我們白白流失了那麼多好時光，那麼多花朵綻開的黎明
而這中年，我不知道要準備多久
才能迎接你的到來
而此刻，你在守望一場紛紛揚揚的雪

菸灰不停地落下來
微微戰慄的空氣裡，你預感到遠方的事物
枯黃的理由

就要按捺不住了

連呼吸都陡峭起來，風裡有火
你看到的，雪山皚皚是假象，牛羊是假象
她給不同的人斟酒，眼睛盯著遠方，遠方一直遠著

她的手顫抖得越來越厲害
眼睛裡的灰燼一層層洗去在淚水裡
這淚水不再是暗湧，是戾嘯，是尖銳的鐵錐

把她，把一切被遮蓋的擊穿
讓沉睡的血液為又一個春天豎起旗幟

豎起金黃而厚實的欲望
但是她說一切都沒有準備好
她還在午夜
她說著說著，就被捲進去，沒了頭頂

隱居者

連江水都緩慢了，光陰到了這裡就有停泊的願望
它允許一個女人在小巷裡慢慢走
允許她慢慢地愛，慢慢老

「他此刻已經離舟上岸，他金黃的呼吸
被我聞見」
她驚詫於紅透的樹冠，驚詫於穿過樹冠的晨光
和拐角處的牽牛花

「哦，這些永恆的。我必以消逝證明

對它們的悲憫」
此刻，有門咿呀打開，問候傳來
正式打開　個清晨
晦澀又明朗的方言裡的清晨

她提著竹籃。而日子在籃底漏不下去
真的，沒有比這更好的事情了
她那些小小的歡喜，在裙子裡擺來擺去
一不留神，就過去半生
「你看看這個秋天，好得更比從前」
她自言自語。抬頭就見雲朵往江邊飛去

過程

總是快要熄滅的時候讓我醉心
如同逃出一場劫難，而你我無損

從春到秋，一隻鼴鼠把一個洞越挖越深
位置隱祕，避開了風吹草動

愛如雷霆
熄於心口，又如灰燼

我唯一能做到的

是把一個名字帶進墳墓
他不停老去，直到死
也不知道這裡發生過的事情

秋之湖

在倒影裡遇見自己過去的人走遠了
風怎麼吹，都是扁平的

我所見的事物依舊搖晃，這讓我閉緊嘴
從大地深處掏出來的會更深地沉下去

我所執的情懷多麼不值一提
卑微又疼痛
水從草尖滾落於秋，就沒有遠方了

如一場遊戲：那個大鬍子男人兜著自己發福的中年
和誰遇見後，在街邊吸菸
煙圈兒吐得渾圓

梧桐樹葉往下落，天空越來越沒有邊了
他看見自己天空裡的倒影
對曾經遇見過的充滿懷疑
如一種悲憫

但是我還在湖邊逗留，看見水裡的草
枯黃起來

最後的蘋果

忍了一個秋天
仰望天空不敢把血咳出的人啊
「我寧願這棵樹枯萎，我寧願它的香味消逝」

許多深夜，她也望著它
在群星沉默後打出火焰的果
她撕碎衣衫，把雙手綁住，打死結

「總有這樣的一個人，在千山萬水以後
在許多人以後，從容地走來
讓你陷進巨大的沉默，無法動彈」

湖水

匍匐而行，命運是一顆飽滿的雨水
有幾十年善於癒合的心
活著即慈悲。雨後，能看到廣闊的藍
和廣闊的風

半夜舉起燈盞，沿河而行
魚群指出了未來
三月的花朵經過秋天，生出了雪
那些漣漪相遇，相約靜止

歌聲持續，我心忍不住悲憫
鐘聲隱約，黃昏裡依山而行
我的喜悅如同這裡的湖水
倒影多餘

一把刀

危險並非來自擱放的位置以及鏽跡
每個人都深處江湖

而更多的人會在我身上溺水
不輕易示眾，那日至交醉飲閨房
我口袋裡的地圖已被自己掉包

月色當空，我會默念幾個字

我一直赤手空拳，黑夜潛行

口袋裝滿果實
以及蜜

越來越薄的我自己
整夜躺在磨刀石上

輯六

六月的愛情

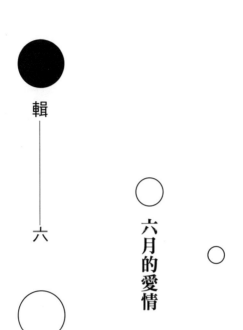

歸途

我長久地陷入，晚風不停地吹
萬物低垂

蝴蝶吐出星光，包括小蟲兒
腹部有相同的黑和白

你總是想以流水的姿勢行走
而不願以瀑布的落差結束

從上頂下來的事物和光

擁有露水

我長久地陷入，不發一言
彷彿不曾愛過

栗色

沿著河流，就可以找到故鄉和母親，找到一隻低矮的雲雀
五月如鈴，懸掛屋頭。風自東南而來

一棵麥子碰著另一棵麥子，小段的風聲，彷彿寂寞和哀愁
母親一年年矮了，屋子跟著矮了，窩在季節深處
風和光陰都不容易翻動

在隨手就能撿拾染色體的地方，心裡潮聲浩蕩
而我不動聲色。命運和靈魂的口袋微微張開
月色和酒都有新鮮的味道

母親蹲進麥子地的時候，只看到她的幾縷頭髮
彷彿百年以後，她墳頭的草在靜止
那時候一股暖流自南而來，預示著幾天後的雨水

幾千里，大地如此神奇，月色流動，詞句沉默
和母親相似的面孔，讓我憂傷又甜蜜
歌唱又沉默

驟雨歇

一根菸吸到一半，光漸漸呈現
起身，旋轉，打一個響指。一個詞牌洩漏出女人味
門口多年的芭蕉時光暗淡
花開的時間短，謝的過程長
那年的酒，風吹淡了

而馬匹還在路上，馱著食鹽
去一個圍牆坍塌的小城換玫瑰，小說的尾章
道路呈現出真相
霧霾裡的咳嗽，如一顆灰塵

黏附空山的背面

還能在門口蹲多久，對岸蕭條
十個手指都有爬行的痕跡，在夢裡
牆頭，過冬的木頭發出了青綠
彷彿汽笛傳來
彷彿有人招手

姿勢

左胳膊撐在左腿上，右腿不能彎曲
分秧依舊又準又快
只是後退的時候，必須直起腰
以左腿的力拖動右腿
一上午，她這樣栽秧。一天，她這樣栽秧

她低頭的時候，腦殼中間圓圓的白
其餘的黑是染來的
偶爾，她跌進水裡，就會變小
如一條泥鰍

六十個年華在一大片水田裡沉重，單薄

她癡呆的女兒在田埂上嘿嘿地笑
口水濕了衣服
把她嫁出去的夢破滅許多年了
她一抬頭
女兒的一根白頭髮絆了她一跤

隔閡

草木蔥鬱。雨水裡有魚的氣息，酒瓶子，咳嗽和嘆息
命運的窪地，枯敗的野草，無法消逝的黑
新鮮的傷口

親愛，我卻再不能遇見你。郢中的燈火暗淡
多少人經過你身邊，把酒杯的口朝向你
勸君更進一杯酒啊，人生近晚，此處鄉關

多少年前，馬車帶著月光經過我的村莊
你說出了村口，春天臨近

我不願相信

此刻，莫愁湖上的波光映在你臉上
千里之外，一襲黑衣把我裹得密不透風
人老了，哭出來就可恥了

親愛，我卻再不能遇見你。我們不同的語言，你再不能聽見
如同我的詩句，患上了孤獨
無人可見

窗

溺水的時候，有風起自你的窗口，燈影搖曳
三月來來往往。你把酒瓶繫在腰間，一隻蝴蝶有三個墳塋
多少次，我試圖把自己埋在異鄉。試圖九斷肋骨
用塵垢埋藏自己，如此埋藏你
而多深的愛，也無法擋風。只有你，在我回望的時候
你一定和我有關
所以我在人間行走了三十多年，當是償還，贖罪

只是你一定要為我留半截蠟燭
讓我過門

香味

交談。彷彿夜色，彷彿隱匿著雷聲的花朵
我們背對河流，影子出水，香氣找到來源

站在彼此的背後
來不及相愛，雨落了下來

你感嘆人世的時候，我心裡升起黃昏
選好樹枝，一起倒掛

我們有千萬里的距離，千萬愁，一喜

它們相互抵消時，誰都流淚
你漸漸老邁的身體，如井
縱然我是月，也有無法打撈的素白
從五月開始，到化為灰燼
我們都面臨彼此的危險，彷彿香味

後院的黃昏

夕光。人間低矮，渾圓，斷牆上的簸箕漏光
那些生滿褐斑的小故事兩次穿過牆縫
她第一次端起簸箕，顫巍巍的
一朵菜花在小小的旋風裡，打轉
然後她撈起流水，仔仔細細的
時常叩一下，如同叩在老水缸的沿上

此刻，她呵欠連天，也不急於看清那棵老槐樹
胸部空曠，一隻蝴蝶息在那裡
她不再辨別它了

想起一棵豆苗，幾十年了，才那麼高
如果回到　口井裡
就能算出和它的距離了

所有的詞兒隱匿。她不關心翅膀
一個人會從海上回來，袖口有風
那些紅潤的，照亮過的午夜也不再被提起
這些年的緘口，沒有人留意
風，時有時無
她的夢，在淺水區

六月的愛情

已經不止一次提到黃昏了，和斜水而去的白鳥
我突然陷進一棵樹的紋理
水波如束
我不知道要用多長的沉默，才能和六月的蔥鬱
合二為一

我需要你指認我，指認一朵輕，一團恍惚
但是不要你指給我路途
如果有一種抽離，必然會和我的到來一樣
從有雲的地方

直接打下

我們有模仿之力，和飄搖之心
畫的傘一個個撐起來，雨，在預報之內
那時候葡萄一個個熟了
彷彿淚滴
有長時間懸掛的美

初夏

走過田野，就能看到那扇窗了，潭水清澈，人世的光
一叩，有細微的回音
一段美，只夠停留在一個水域，我的溫潤與尖刻將
一併呈現

風吹過，裙裾蕩漾

葡萄青澀。以低垂的姿勢守候陽光裡經過的祕密
內心裡一個個巢穴
總有注滿的一天。它不知道田野裡有多少事物
正和它，殊途同歸

歲月，多好

黃昏臨近，此刻的我有流水的欲念
穿過一條白而窄的光，抵達一棵植物
說不清楚我怎麼能在窗下待那麼久
彷彿離開，彷彿歸來
彷彿一個碼頭，半截出水

風吹了幾十年，還在吹

當然，比風更容易拐彎的是命運
這個時刻已經芳草萋萋
他人和我的墳頭都呈現蔥鬱之色

早晨的青草，黃昏來臨會變一個匍匐的方向
人如果聚集起來也會欣欣向榮
我們用了一輩子從人群裡分離出來
卻將會用更多的時間
融入進去

風也會落在地面上，落在低矮處
許多事物也跟著停下來：紙片，流言，突發事件
一個人在十字路的中間，停下
包括夕光映照的
有了死亡之色的面孔

我們從出生就習慣了虛無，包括
漸漸荒蕪的斜坡
蟲兒無聲

明白了一些事情，有人忍不住放聲哭出來
此刻，身體裡的風慢慢退出
露出成片褐色的石頭

漂流瓶

從黃昏出發，在漩渦裡打一個轉，風就吹了過來
幾處命運，幾段星光
誰吐出了一個煙圈，撈，如同撈一個謊言

我破了一個角，才裝了進去
「如果一個人愛你，這根本不是障礙」
而你掐取了故事中間的一節

海，一直蔚藍。沒有人摸清方向
遇見或錯過

我們都會從岸邊出發，回到岸邊
你怎麼安排都是好的
我的一部分被你拾起，就有了
水的性質

無以為繼

無以為繼，這人世。這遙遠的幸福，湖水般的憂傷
那隻你命名的天鵝從心裡掏出了冬天，滑翔的水域越來越小
必將有一處埋葬讓它死得其所，也讓它生得其所

習慣裡，背對背而坐。公園的風又苦又長
說起人生，我們面紅耳赤，而愛情一直是一個附加話題
有深重的中藥味

我們一直孤苦伶仃，包括以你的名字起誓的這個時刻
我已經習慣了半路折回

我的黑暗和光芒都是月光無法勸說的

無以為繼，這病症。我指望你愛我，但是不與你講和
與你告別和相聚，你總是又哭又笑
彷彿濃稠的花香，彷彿生死同握，彷彿我非我，你不是你

屋頂

她依然把灶膛點燃，清晨時分
她把青菜的青炒了出來，清晨時分
她把白菜的白炒了出來，清晨時分
她把灶膛的灰掏出來，清晨已逝

餵豬，餵雞，餵狗
她坐在門檻上扒飯，熱氣飄忽
她看不見
她把掉在地上的飯粒撿起來，餵進嘴裡

昨夜奶奶死去，昨天奶奶沒有吃飯
昨天男人被抓去了監獄
昨天鄰居的牛把一個孩子的肚皮挑破
昨天，彷彿不曾到來

風把屋上的落葉吹了下來
風把風吹了下來
風想把她吹薄
風吹不動一堆土

大群烏鴉飛過

五月將盡，大地蔥鬱。我們去村口的河邊
魚汛一晃而過，天空棲息的雷霆已經掏空了預言
廣袤的草傾倒於風裡
我的卑微和高傲突然沒有了參照物，孤零零的
人生無幾，而人世繁華依舊
河水東流

大群烏鴉飛過，沉默如蟲，影子裡有微光
遠處的城市坐在一顆塵埃前面
寫著結局的紙片在風裡起起落落，無人識得

它的筆跡
我們同時被潮水淹沒，如同一群烏鴉
默契於對方身體裡的黑暗

嗯，我想說的是，平洲之上，一定會有墜落的一隻
箭如虛設之物，平放於人生
一定會有一團黑於正午經過內心
有金屬的光滑和聲音
如同剝開，亦如癒合

逆光

我的思念熱，布滿塵埃，晚風裡羞於自見
芭蕉和雨夜一起失蹤
村莊在湖水之上，五穀漸熟

樓台漸矮，我羞於翻動一首現代詩
心情左右
你滑過城市的街口，煙圈有光

約定的湖水，不改藍的程度
遺落在你背影裡的

小，但沒有風聲

哦，這樣的愛常常讓我搖晃
卻始終不能
淚流滿面

輯七

微風從我這裡經過

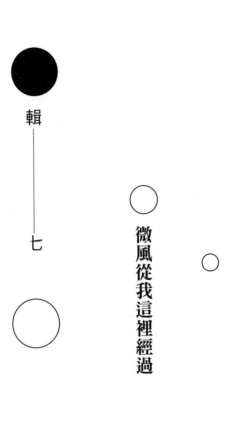

搖晃

一直擔心，此生都不夠誠懇
手握鑰匙卻認錯門
河流三十多年保持慈悲，為了保持鰓的完整
我拒絕做一條魚
不在星光裡和萬物互相指認

總是想醉酒，以此模糊世界的傾斜
或是自己的傾斜
像是在詩歌裡，在詞語裡起伏
做鬼臉

心裡的燈，讓它在夜裡長久地靜謐
我想我枯黃的時候一樣突兀
匆忙，而且淺薄
會不會回頭而悵然，心驚
彷彿一輩子
不曾發生過

五月，遇見

酒杯再一次被扶正，只是飲完一江水
我依然無法流露醉意

楚地遼闊，我沒有楚楚動人，也不再
楚楚可憐
你無法不承認我身體裡的一輪落日
和眉梢秋意
它們在風裡依然有
動人之色

對照月光，一隻蚯蚓還是會翻動春色
撿起一個斷章足以讓我們
完成一次肉與靈的交合
對長河長天
你說一粒小小的清白
就能夠供奉人間

走吧，去河邊汲水
我喜歡萬物在水面蕩漾的樣子
和你不斷沉入水底的呼聲
每一條魚都來自上游
拍起的水紋，整齊如辭

讓流過血管的不是血

或者以雪，以高山之水，以草木背著陽光的一面
它一定有乾淨的聲音，才能被一具日益蒼老的軀體承受
有五月的樹葉恍惚的美
而避開了果實的說辭，及一種紅從高粱到酒的過程
在布滿皺紋的額頭下，她眼睛裡的光
依舊讓人信任

那麼，我將我畢生不堪一併呈上，如一個即將被大赦的人
預料了以後的光明
而將因為曾經產生的痛苦鄭重感恩

嗯，還有那些詩句，那些不能落下的雪花
一一改動，讓它們還原泥土之色，石頭之痛
彷彿我身體裡的一個礦場重新開放晴朗的早上

從開始就有的模糊的預感，一一經歷過了
此刻，流水不再向西
村莊依舊蔥鬱，我能找到蟬鳴之樹
那些漏下的光斑彷彿衰老，於我之前進入大地
我不再羞於向你說起
幸福

香客

跪！雙手合十，願天降蓮花，或以浮蓮之水
此刻，我交付你的不過紅塵一段，俗心一顆
此刻，我若靜若天籟
還是有一段回頭路要走，且天晴物燥，火點很低
但除了此刻，便是此刻

於千萬人裡，你可識得一枚紅果，或者香火熄滅
獎我以虔誠，罰我以疑惑
功過相抵，我還是我，於流水裡
取不出來的波浪

於果實裡，取不出來的腐朽

你從來不挑明，放下願望的人渾身一輕

而那些跛孩子流浪累了

會帶著月色回家

但是此刻，除了和你互相信任

我無法說服自己

心頭有白雲

繚繞無邊

微風從我這裡經過

允許我沉醉，允許我哭泣，允許我在這麼遠的地方
把愛情掏出來。如掏一叢夜來香
面臨星光的時候，面臨深淵

我一直是個懷揣泥土的人，遇見你
它就有了瓷的模樣
卻沒有人來告訴我每一條路都是晴朗

比你易跌倒，比你易破碎
作為一個販賣月光和人間的人

我允許你，笑話我
如果哪一個早晨醒來，找不到彼此
只有微風吹過
一定要微笑，無論記得還是遺忘

與兒子

從一開始，我就想放逐一個世界
對它的次序好奇
而和他保持恆定的距離
我不想掏出多一分的經驗，只是看著
相信

我知道他私藏了春天，蜜蜂，河流的方向
與一個事物的過程
和一堆雪，因為過於白而藏得深
保證了百年之內的水源

保證了花紅草綠，和他鞋子的乾淨

而今，十七歲的水手打著長長的唿哨
水聲裡，祕密一串接一串
如一個個小小的蜂巢
並不被經常居住
我期待滿了以後溢出來一點
剛好被我接住

關係

橫店！一直躺在我詞語的低凹處，以水，以月光
以土

愛與背叛糾纏一輩子了，我允許自己偷盜
出逃。再淚痕滿面地回來
我把自己的殘疾掩埋，挖出，再供奉於祠廟
或路中央
接受鞭打，碾壓
除此以外，日子清白而單薄，偶爾經過的車輛

卸下時光，卸下出生，死亡，瘟疫
和許多小型聚會
有時候我躺在水面之下，聽不到任何聲音
有時候深夜打開
我的身體全是聲音，而雨沒有到來

我的墓地已經選好了。
只是墓誌銘是寫不出來的
這不清不白的一生，讓我如何確定和橫店村的
關係

心碎

那桃花不是我的，那影子不是我的
那鋤頭不是我的，那憂傷……

那藍色的時光，時光裡的巷子
巷子裡的裙子，裙子裡的蓮花
蓮花裡的水聲
水聲裡的盼望，不是我的

咖啡座前的那一個不是我
月上柳梢頭的時候，那個人不是我

相濡以沫的一個不是我
唱歌的不是我

流淚的那個是我
把愛和生命一起給出的是我

我所擁有的

這個下午，晴朗。植物比孤獨繁茂
花裙子在風裡蕩漾，一朵荷花有水的輕愁

哦，一朵瘦小的哀愁在中年的面容上
保持墜落的樣子
蝴蝶無法把我們帶到海邊了，你的愛情如一朵浪花
越近越危險

危險的是她。我依舊把門迎著月色打開
如同打開一個墓穴

而月色沒有到來。
那段沉默的哭泣還是被我熱愛，多少年了
我還保持這樣的敏銳，在忠誠和背叛之間

時而，摒棄
時而，進入

微風

星光遙遠，霧氣重。一夜凋謝的豈止紅杜鵑
河流落淺，一個人被自己的影子牽絆
村莊已遠
花開花謝總是讓人左右為難

每個人都會讓一匹馬奔跑在他的莊園
直到走失於流水或星光
我安靜的時候
旁觀它走走停停，偶爾嘶吼

不小心落進午夜的人，口含火焰
如同絕望
我急切地尋找
卻無一處乾燥供他一時棲息

有風南來
經卷覆蓋了經卷，箴言吞沒了箴言
屋角的蝴蝶風鈴
雨水裡鏽去，聲音喑啞

葡萄

五月的睡房，一定有我的肉身
從青澀，一步一遲疑，到美和甜的累積
無法挽回
你的指尖有風，有無從安排的憂愁
而雨季已過，馬匹飲水，照出道路

我願意給你的，不過一部分
皮囊的斑點我帶走了，它們沒有手腳
依靠風，依靠流言蜚語
在漸漸衰老的歲月

回憶一團光，怎樣把它擊落
我的身體裡本來就有酒的成分
不為醉你，只為醉我自己
如同千山萬水以後，我的眼淚
不為你
只為我自己

從王府大道走過

懷抱蘋果，和坐在蘋果裡的燈盞
王府大道兩旁的樹發芽了，而那隻鳥沒有飛來
過了兩個紅燈，我突然不知道是去哪裡
來路已不明

哦，鍾祥。有人從汽車站出來，一說話帶出異鄉的天氣
靡的問：小姐，去哪裡
我說回家
卻發現沒有一盞燈火為我而明
我懷抱蘋果，和坐在蘋果裡的燈盞

偏右行走。人潮裡有我輕易能識的囈語
但是還沒有來，十年，二十年
我的兩種方言如同兩種悲哀，裝在兩個口袋
一步一晃
沉悶作響

短暫的黃昏

到確定「黃昏」的時候，第一顆星星就時隱時現了
在這深秋的庭院，抬頭看麻雀飛過去
夜色就已經漫上了腳踝
還沒有在一根笛子上找準音調，曲子就接近尾部
我匆匆起身：做飯，餵豬，趕雞上籠
我就這樣把自己迅速地趕進夜色
兀自傷悲：
好多個黃昏，我準備停一停，等雲層裡最後的錦書
或者去一棵不知道名字的樹下
找到一片被忽略的溫柔

或者把內心的地圖稍做修改：讓一個人沿河而下
一路平安
也不抱著自己的詩句哭泣
在他想到親人和想喝一杯茶的時候
正好抵達我

黃昏

在一棵木子樹下坐著，像一片落葉，葉脈蜷曲
但是我體內有水，在微風裡對稱地搖晃
水面的月光平靜。哦，我賒來的月色如此安穩
我賒來的幸福如同一個幌子
過客，進來飲一杯否？

只是你需慎言，「人生」如咒，秋意紛紛
多少歡喜場散了，紙絮一地
但是落葉多麼好
這無關秋天的任何細節，美
或者哀傷

一種緩慢的過程

猶如愛。從發芽到蔥鬱，再深陷秋天
一片片摘掉自己，那麼慢，餘言未盡，也不想要多說了
一隻水鳥從春天飛來，它的白很慢
時間在它翅膀下堆積，再融化。融化成一場雪
再化為向下的水

哦，向下的水。它停靠在樹葉和碗邊
美甜蜜而危險，它均勻用力，拉出明亮的感嘆
和讓我心醉的弧光
緩衝了一個世界跌落的過程，以及

我被愛焚燒後的靈魂

哦，靈魂。它的深潭月光很淺
虛無是一瞬間，更可能是永恆
在光與影的對流裡，聚集是緩慢的過程
如同遺忘
遺忘了要被遺忘的事情

後山黃昏

落日溫暖。坐在土丘上看下去就是流水
一個孩子走下去，就能在水裡清洗暮年
這樣真好，風箏和蝴蝶都有去向
一頭啃草的牛反而如同一個插曲

如果硬要找出一個不同的日子
就是今天了。土丘上長出一個新墳
烏鴉們慌張了一會兒，紛紛落下來
草繼續枯黃

不管厚土多厚，一個人走進去
總是很輕
以前的討價還價形同玩笑
不停地運動嘴唇，以為能把生活嚼爛

一個人坐到滿天星宿，說：我們回去
一棵草怔了很久
在若有若無的風裡
扭動了一下

輯八

手持燈盞的人

秋風客棧

與君隔一段花開，隔不開一段雲霧——題記

直到清晨，直到不斷擴大的光暈把她甩進
更深的秋日

「老去當真憂傷，而這憂傷來自於越加緩慢的時光
緩慢得幾近荒謬」

一定有個迷失於九月的人，於馬背上穿過
這逼長的歲月，在荒野中央
對陡然出現的客棧湧起曇花般的愛戀

他或許很老，對那些來不及相逢的歲月
懷抱仁慈

直到黃昏，她還在描摹不知相隔多遠的那一笑
「哦，如此的緩慢如此優雅，我有
那麼多蠟燭啊」

「可是，他什麼時候才知道我如何摘掉
沾在頭髮上的落葉？」

天黑之前，她對著溪水又把頭髮梳了一遍

孤獨

如一顆雨後的水珠，懸掛在樹葉邊緣
身體慢慢弓成一個疑問
「我有足夠的悲傷滴落，只是時間的問題」
而時間，在她的身體裡也是緩慢的
一個量詞需要多大的容器啊
好比孤獨把一個人的身體變得無比廣闊

一顆水珠墜落也是個漫長的過程
從難以啟齒的憂慮開始
暮年攀上右肩

她預計的風聲吹來，味道卻是不一樣的
一個人活得不需要冒險了
這是不需要原諒的

墜落是長久以後的一次攤開
俱碎也罷，俱焚也好
她的問題一點點簡約，收縮
反正向來如此。
她要問的都有了答案

在一個上午的時光裡

「從這個深潭浮起來，就去喝茶」我想著
他無意挖出多個陷阱，在樹梢上，在一個果核裡
慈悲地等候風吹裡，一棵草的顫音

同一時空裡的兩顆星子。他的光此刻穿過
一塊祕密的石頭，他的信任先於
一朵花的香味到來

在杯中慢慢打開的茉莉，玫瑰卻與我逆向
下沉

能讓我抵禦沉淪的並非來自熟稔的過程，結果

跳來跳去的麻雀單薄，玲瓏

我是一個多麼幸福的偷盜者

被赦免了追捕

落在荒野的秋天的雨

那時候一個廟堂會現身。這裡沒有屋子，沒有墳塋
這裡的秋天是荒蕪的，和春天一樣。這裡的野花是荒蕪的
綻開和香味就是一個動詞一個名詞。
時間是荒蕪的，所謂的秋天是不存在的

雨的來處可疑。只有打下來的瞬間是可信任的
落在荒野的雨不知道落在荒野，一棵栗樹不知道遠方的屋宇
不知道遠方的人撿起它們的果實
那些草被雨壓彎，很快又彈了起來，它們不知道

一個卑微的人和它們差不多。他們的背就是為了
一次次彈起命運的重壓，但是沒有另外一個人會知道
他們和它們來不及互相靠近
就各自枯萎

一場白先於雪到來

但是，我無法把自己放進這一場白
那麼多黑的，灰的日子已經來過，我沒有理由把自己
放進這一場白

但是，已過天山的風捎來了消息
——我無法躲避這一次埋葬，我也不打算躲避
這一輩子的斑斑劣跡應該被清算了

我還是無法抵禦這向晚的私心啊——
對於一個熱愛過這個人世的人，遠方應該有一個人

為我轉動經幡

他應該還給我一個秋天，以他為核
把祕密對我呈現
——雪原上每一個起伏包含罪惡，也包含原諒

不要信任雪，不要信任我
不要信任有碑和沒有碑的墳墓
以及我破開胸膛呈現的顏色

一朵雪

混跡在整個荒原。整個冬天時間的荒蕪
有多少需要相守的顏色，才能完成沒有缺口的內心
如果僅僅一筆，它的一生就被覆蓋

但是唱吟都在拖泥帶水的人世裡
包括蝴蝶和一個曖昧溫暖的春天
它在半空的時候和夢撞見，落下來就清新了

如果一個世界足夠單薄
它的緘默便完成了與整個時間的對峙

和解

剩下的事情，就是在不遠的地方
找到等待它的一滴水
把它覆蓋

積雨雲

已經一個小時了。她踩著從褲腿上游的秋風
梧桐的葉子落在夜裡都有回聲
她緊了緊衣服，漢江的氣息穿過這條小巷子，沒有了魚群的味道

過了陽春大道，她就尾隨他身後
（她是一個笨重的女人，此刻卻躡手躡腳。她的身後
尾隨著一團積雨雲）

她無法看清楚他對面的她，在陽春茶樓的二層
她知道他端起一杯碧螺春的時候

在對面的人的身上，也端起了一段新的旅程

她看著他出來，看著他們揮手道別
看著他點燃香菸
看著他從她隱藏的合歡樹前走過去

多年以前，他也是這樣送別她
他以為，這樣一別
便是永遠

他的果園

「那些熟悉的果子收斂了它的光，我們的饑渴並非來自
沒有露水的早晨」
他對著湖水喃喃自語的時候，一片楓葉打在他的肩頭
——他一直以為楓樹是能夠結出果實的，那些不著邊際的紅
一定有所去向

但是沒有一個果實能夠改變趨光性，如同他姓氏上的一張長弓
跟隨著飄搖在水面上的鴛鴦
它們是一對被遺落的果實，落進風裡

有了水性

一定要半夜起來，向果園深處行走。這私密的約定必將打開
隱祕的光環
讓他知道，他也是神的一個選民

秋天的敬仰

一

被秋天倒扣於裡，重讀經文。星辰都在腳下
輪到流水審視我了：內心的石頭包不住了
石頭撞擊的火苗包不住了。但是那樣的召喚讓人
神魂顛倒
如同越來越漫長的黃昏，我們可以在突然而至的悲憫裡
來回好幾趟
幸福如一塊漫不經心的小坷垃，總是讓人崴腳
但是在萬事萬物敞開的季節，許多的顧盼

在來不及流淚的時候
已經被忽略

二

一枚枚果實從時空深處走出來。有人在每一個句號的地方
慌張。滿則虧矣，我們的心面臨又一次
莫名的流逝
我們需要響聲。需要拖拉機突突經過午夜
把那些果實，那些悲憫和圓滿運往異鄉
我突然不知所蹤。歲月的刀必然會溫柔地刻一道
我把疼痛揣得更緊
如同一張讓自己都想忘記密碼的銀行卡
我是以秋天為記號地
活著

三

一個人會在月亮升上來的時候走出來，什麼樣的果實
他都知道它的味道
然而總有引誘他的，讓他在人世裡多走一走
他喜歡那些被遺棄的果皮，想起另一個男人背著小女孩
在黑夜裡逃命
如今他們回來；但不會停留到天亮
秋天太廣闊了。想到這裡他傷心又高興
他們不會被抓住的。
他們不會被抓住。他又重複了一遍

去往十月

一

去往十月，在一個廣闊的站台邂逅黎明
心懷酒意，和山川與河流贈予的祖國
祖國啊，就是方言散落在風裡，有人聽見落淚
就是拿著身分證去醫院，有人匆忙向你跑來
就是就著菊花喝酒，有人提起陶淵明
就是十月臨近，心裡潮水湧來
就是滿天星宿裡，被認出的牛郎織女

二

故鄉就這樣在我們的身體裡落地生根
天空裡的陽光和鴿哨金黃，淚光盈盈
讓人安身立命的月份
你要持酒敬奉困難，和一個人的往昔
你一定要從我門前的菊花邊經過
與一種藍，互為引誘

三

所以，我多麼愛我這破損之身
被十月浸泡和溫潤
我多麼滿意我的靈魂貼近地面飛行
熟知每一朵花的來龍去脈

對每一種方言都充滿熱愛
如同十月，與生俱來

四

就這樣保持語速，一顆果實擠在一堆果實裡
懷揣小小星辰
風慢下來的時候，時光也慢下來
我有足夠的時間在萬事萬物裡停留
去觸摸
它的冰肌玉骨

木桶

唯一能確定的是，她曾經裝下了一條河流
水草，幾條魚，幾場大風製造的漩渦
還有一條船，和那個妖女晝夜不息的歌聲

中午，在河邊捶衣服的時候
她不再看河水裡的倒影。也不再猜想幾千年前
河流上源那個腰肢纖細的女人
怎樣把兩個王朝裝在她的左右口袋裡
在這麼熱的中午，她如何讓自己袖口生香呢

最初，她也以楊柳的風姿搖擺人生的河岸
被折，被製成桶，小小巧巧的，開始裝風月
桃花，兒女情長，和一個帶著酒意的承諾

兒女裝進來，哭聲裝進來，藥裝進來
她的腰身漸漸粗了，漆一天天掉落
斑駁呈現

而生活，依然滴水不漏
她是唯一被生活選中的那一只桶

繭

埋你，也埋你手上的繭
這繭你要留著，黃泉路又長又冷，你可以撥弄來玩
如果你想回頭，我也好認得

爸爸，作繭自縛，你是知道的
但是你從來不說出
對生活，不管是鄙夷或敬重你都不便說出來

作為兒女，你可以不選擇
作為兒女，我一輩子的苦難也不敢找你償還

埋你的時候，我手上有繭
作為一根草，我曾經多少次想給你
一個春天
不讚你以偉大，但願你以平安

不會再見了，爸爸，再見
一路，你不要留下任何標誌
不要讓今生一路跟來

一個被遺棄在垃圾坑邊的老人

鍾祥文集八十七歲的老人死後，被兒孫遺棄在垃圾坑邊，直到報警後，拉去火葬場。

最先涼下來的是乳房，八張嘴曾經來過
它慢慢枯萎，他們漸漸遺忘
他們叫：媽媽，討嫌的，老不死的，鑵出去……

接著涼的是心臟。如一顆皺核桃
那麼輕，世界一步步退出去。兒子的影子一晃
更涼了

她的四肢開始僵硬。
「哦，我曾經的柔情密意哪裡去了，
怎麼不來扶我一把？」
旁邊不知道誰燒的一堆紙灰
微風裡
飄不高
她的魂魄在一邊看著她塵世的身體
一言不發

偽命題

你詞語的女人，有瓷的光澤，泥的結實
你愛她如米
你讓她打開身體，生出一個個孩子
血液經過春天，就有了花的樣子

這讓我想把對你多少年的愛收回來
我不善於生孩子，不善於把掉在地上的米粒
撿起來

我寧願你懷疑那一場火災的原因
及我記錄的客觀性

足夠

要一個黃昏，滿是風。和正在落下的夕陽
如果麥子剛好熟了，炊煙恰恰升起
那隻白鳥貼著水面飛過，棲息於一棵蘆葦
而蘆葦正好準備了一首曲子

從一棵樹裡出來，我們必將回到一棵樹
一路遙長，我們收拾了雨水，果木，以及它們內心
的火焰
而遠方的船正在靠岸

我一下子就點燃了爐火，柴禾瀰漫清香
遠方的鐘聲隱約傳來
那些溫暖過我的手勢正一一向我靠攏
彷彿蓮花回到枝頭

如此
足夠我愛這已破碎，泥濘的人間

手持燈盞的人

她知道黃昏來臨，知道夕光貓出門檻
知道它在門口暗下去的過程
也知道一片秧苗地裡慢慢爬上來的灰暗
她聽到一場相遇，及鼻青眼腫的過程
她把燈點燃

她知道燈盞的位置，知道一根火柴的位置
她知道一個人要經過的路線以及意亂情迷時候的危險
她知道他會給出什麼，取走什麼
她把燈點燃

她是個盲女，有三十多年的黑暗
每個黃昏，她把一盞燈點燃
她把燈點燃
只是怕一個人看她
看不見

代後記

多謝了，多謝余秀華

劉年

一

余秀華一直想感謝我。
來北京參加朗誦會的時候，提了一些雞蛋。

二

這年頭，一個詩人寫不出痛感，我認為是不道德的。
「喜歡余秀華的詩，因為我也是農村長大的，因為也曾不管不顧，也曾痛徹心扉，也被世俗抓住頭髮在牆上磕。更重要的是，她的詩，放在中國女詩人的詩歌中，就像把殺人犯放在一群大家閨秀裡一樣醒目——別人都穿戴整齊、塗著脂粉、噴著香水，白紙黑字，聞不出一點汗味，唯獨她煙燻火燎、泥沙俱下，字與字之間，還有明顯的血污。」

在編後記《詩歌，是人間的藥》中，我這樣寫道：

「人間有各種病症，所以人類才發明了詩歌。」

三

《我養的狗，叫小巫》，是我最喜歡的一首。

「我跛出院子的時候，它跟著／我們走過菜園，走過田埂，向北，去外婆家／／我跌倒在田溝裡，它搖著尾巴／我伸手過去，它把我手上的血舔乾淨／……／／我一聲不吭地吃飯／喊『小巫，小巫』，把一些肉塊丟給它／它搖著尾巴，快樂地叫著／／他揪著我的頭髮，把我往牆上磕的時候／小巫不停地搖著尾巴／對於一個不怕疼的人，他無能為力／／我們走到了外婆屋後／才想起，她已經死去多年／／」

這種面無表情的敘事，讓我立馬想到雷平陽的名作《殺狗的過程》，雖然不動聲色，但紙上已風雷暗湧。「我們走到了外婆屋後／才想起，她已經死去多年／／」結句看似閒筆，其實留的空間很大，這也是余詩高出一般敘事詩的地方——「我」已經沒有了魂，「我」連個傾訴的人都沒有了。

在人民大學的教室裡，余秀華搖搖晃晃地走上講台。她費了很大的勁才站穩，她口齒不清，她的手在顫抖，她的全身都在顫抖。當她讀到「他揪著我的頭髮，把我往牆上磕的時候／小巫不停地搖著尾巴／對於一個不怕疼的人，他無能為力」的時候，很多人落淚了。

頭磕在磚牆上的聲音，和心跳的聲音，其實很類似。

四

反覆地告訴余秀華，其實她應該感謝詩歌。或者說，我應該感謝她。不是謙詞。她這樣的作者，讓編輯有了成就感和幸福感。

我非常害怕，老了沒有值得回憶的事情，打發那些沒人理會被人嫌棄的日子。

編輯余秀華的詩歌，無疑是很多年之後，可以在槐樹下，向我的孫女反覆吹噓的記憶。

五

辦公室不能睡午覺，下午一點多，往往是最疲倦的時候。

獨自在博客上百無聊賴地翻。

余秀華的詩，像一劑強心針，讓我精神陡增。我先給她留紙條，說「我是《詩刊》編輯，看了你的詩歌，想認識你，請加我的QQ」。沒等她回覆，便在她的博客裡選起來，一直弄到六點半。選完了，填稿籤：「一個無法勞作的腦癱患者，／卻有著常人莫及的語言天才，／不管不顧的愛，刻骨銘心的痛，／讓她的文字像飽壯的穀粒一樣，充滿重量和力量，／讓人對上天和女人，肅然起敬。」心情好的時候，寫稿籤，我會像寫詩一樣，分行排列。因為抑制不住激動，等不及例行的報稿日期，第二天就交了二審，並破例地說了一句話，「這是我看到的七〇後女詩人中寫得最好的之一」。二審三審很快就通過了。因為當期來不及組織名家評論，領導吩咐寫一篇編後記，於是有了那篇抒情的《詩歌，是人間的藥》。

她加了我的QQ。開始還裝模作樣地告訴她，稿子有可能過，有可能不能過。後來，實在忍不住了，便告訴她：「你準備好紅吧。」那時候，她的詩歌還沒發表出來，她當然不會相信，但我相信。因為我知道，這個詩壇最缺少什麼。這個時代，缺少什麼。而她正是補這個缺的人。當然，我所說的紅，只不過是詩歌圈裡都知道有這麼一個人，根本沒想到她的影響力會超出詩歌圈之外。

雜誌出來後，同事彭敏又在《詩刊》博客上和《詩刊》微信平台推出，然後就是一波接一波的轉載潮。《詩刊》編輯部主任謝建平，覺得這樣一個寫詩者很不容易，於是策劃了以余秀華為主的五個底層寫作者的「日常生活，驚心動魄」朗誦會。其間，各個大媒體開始密集關注。

於是，余秀華真的紅了。

六

那些雞蛋讓我想到了王家衛的《東邪西毒》。

張學友主演的洪七，會為一籃子雞蛋殺人，還因此丟掉了一根手指。而張國榮演的歐陽鋒從來不會。所以歐陽鋒只是個殺手，而洪七成了大俠。俠客，拿起筆的時候，往往就是詩人。我也在底層默默地寫了十多年，知道一個詩人有多麼不容易。殺人我不在行，但可以做一些力所能及的事。比如說，在寒風中接站，比如說，送她們轉地鐵，比如說請她們吃早餐，比如說盡力推廣她們的詩歌。

雞蛋，有時候很有象徵意義。

人們經常拿來跟石頭碰的，就是這東西。

七

幾千年來，詩歌在中國，有類似於宗教的教化作用。屈原，陶淵明，李白，杜甫，蘇東坡，也成了全民族的偶像。可是，進入上世紀九〇年代以後，這個民族開始疏遠詩歌。這當然與我們唯經濟、唯物、唯錢、唯快、唯新的時代潮流有關。詩人本身，也難辭其咎。海子的自殺，顧城的殺人，以及各種光怪陸離的詩歌行為層出不窮，讓詩人成了陰暗變態的代名詞，更加上詩歌的晦澀難懂，變成了讓人難以接近甚至反感的文體。何況還有下半身、梨花體、烏青體，一次又一次對詩歌的戲謔和嘲弄，以至於詩人一再邊緣化，以至於，在聊天中，有人敢承認自己賭博自慰甚至嫖娼，也不敢承認自己寫詩了。

經濟發展了，物質滿足了，但幸福還沒有到來。人們在反思中發現，這個時代最缺少的不是糧食、石油、住房和錢，而是真誠的詩意。於是，在這個曾經以詩立國的國度裡，人們開始往回找尋詩意地棲居在大地上的能力。所以，余秀華走紅，有其偶然，也有其必然。是漢語成熟的必然結果，是中國新詩自發地回歸傳統、回歸現實、回歸大眾後必然的結果，是詩歌本身的走紅。我覺得作為詩人和詩歌從業者，都應該感謝她，她讓詩歌以一種比較有尊嚴的方式，重回到國人的生活中。她的詩歌讀者，應該感謝她。

甚至，這片土地，也應該感謝她。

——不長詩意的土地，怎麼好種菊花？埋骨頭？

八

我可能是第一個採訪她的，為了寫編後記。

電話裡，她的聲音雖然很大，但咬字不準，於是改作QQ聊天。她說自己寫字非常吃力，電腦打字好一些。生活在農村，不能幹活，但能走路，只是吊著膀子，姿勢怪異，表情也不太自然，所以，一出門就能收穫同情的目光。她的內心，沒有高牆、銅鎖和狗，甚至連一道籬笆都沒有，你可以輕易地就走進去，然後，可以放心大膽聊她的腦癱，聊她的丈夫和孩子，聊她的愛情觀，聊她的被打。她的智商不僅不低，反而很高，她還是省象棋隊的隊員。

「我相信死亡是公平的，」她笑道，「我相信我是幸福的。」

她的強大、她的力量、她的決絕與她的詩歌《我養的狗，叫小巫》裡展現的完全一致。

她的聲音很好聽，像剝了殼的青筍。

九

不再相信詩歌的教科書。

在詩歌一線的工作過程中，我看到了太多不一樣的東西。

新世紀以來，新詩正在改良。詩人們開始先繼承傳統，再借鑑西方，而不是先繼承西方，再借鑑傳統。從《詩經》到楚辭，到唐詩，宋詞，元曲，所沉澱下來的傳統，成了當今中國新詩的魂，這種融入到每一個中國人血液裡的類似於基因的物質，也是最能觸動中國人的內心的東西。不僅如此，詩人們還貼著生活去寫，貼著大地去寫，貼著內心去寫。正因為如此，新漢語到今天，才算真正成熟。其標誌就是去除了裝腔作勢的宣傳成分，去除了佶屈聱牙的歐化成分，終於和我們老百姓日常的說話吻合了。現在我們的詩歌語言，和我們酒醉時說的、做愛說的，完全是同一體系的。而以前的詩歌則是那種在大會上、舞台上、課堂上、聚光燈下說的話語體系，需要你衣冠楚楚地說，聲若洪鐘地說，隔靴搔癢地說。換句話說，現在的詩歌語言，能像酒醉後的朋友或者床上的愛人的對白一樣，親切，自然，真誠。這是一種完全從作者的內心裡來，能到讀者內心裡去的正宗的漢語。這也是余秀華詩歌感人的根本原因。

另外，因為詩歌的邊緣化，也從另一方面提升了詩歌的質量，堅持下來寫的，為名為利的因素就少很多，藝術的成分就自然地增加了。我們尊重古人，繼承古人，但不要迷信古人。我在詩歌一線的工作中發現，除了余秀華之外，還有宛西衙內，藍喉，邱籽，吉葡樂，西望長安，王單單，張二棍，唐果，傅蟄，李志勇，黃沙子，八零（有詩為證，可參見我的博客，《劉年薦詩給朋友》系列）。這些人同樣不被人所知，讀讀他們的詩歌就知道，這些名字都應該熠熠生輝的。然而，他們只是冰山一角，遠遠不是當下最有成就的。人生不幸詩家幸，我認為，近十年，中國的新詩成就，已經達到甚至超越了唐或者宋的十年。其實，這也很正常。我們的紙筆在進步，我們的發表管道在進步，我們的語言和思想在解放，我們的寫作人口在成百倍地增加，另外，還有全世界經典作品的技巧和經驗供我們借鑑與運用，且這片大地上從未缺少過天才。

我們正處於一個詩歌的黃金時代，但沒有人去認真感知這一點。

十

幾乎每一個用靈魂寫詩的、用生命寫詩的人，都是一個勇士。

他們所得甚少，所捨甚多。他們必須與世俗，與潮流，與生活，與金錢和權力，與虛榮和墮落，甚至要與親人和朋友戰鬥。余秀華，也不例外。

可以想像得到，村民會怎樣嘲笑她，甚至可能會欺負她和她的父母（在我們家鄉，兒子少的家庭是沒有話語權的）。可以想像，可能經常會有不懂事的學齡兒童，學她走路的樣子，說話的樣子，她可能氣極了，想去追打，沒走幾步，別人已經躥出了幾丈，當她撿起泥塊的時候，別人已不見了蹤影，當她扔出去的時候，自己身形不穩又跌倒在路上。她要餵兔子。她的一首詩中，還寫到她的兔子跑出來了，被一個無賴殺死，提著耳朵揚長而去。她毫無辦法。她的小巫，要勇敢一些，撲上前去，但被那人一腳踢出了很遠。

她拿起了詩歌做武器，但不是報復，不是自戕自棄，而是向命運和生活對她的不公，表示了輕蔑，她用詩歌傳遞給讀者，她那我行我素的真誠以及對生命的信念。

我覺得這是這個時代稀缺的東西，也是讓我對她充滿敬意的原因。

十一

謝建平私人掏錢請他們吃飯。

進入餐廳的時候，她的母親稍好一點，余秀華很緊張。

在我們一再的堅持下，她和她的母親，坐了餐桌的主位。

那個晚上，那裡是整個世界的核心。

本文作者為《詩刊》余秀華組詩的責任編輯。

作者簡介

余秀華

一九七六年生，湖北鐘祥市石牌鎮橫店村村民，因出生時倒產、缺氧造成腦癱，因此行動不便，高中畢業後賦閒在家。一九九八年開始寫詩，《詩刊》編輯劉年在她的博客上發現她的詩，驚豔她的詩中深刻的生命體驗，於二〇一四年第九期刊發了她的詩，之後《詩刊》微信號又從中選發了幾首。農民，殘疾人，詩人，三種身分引爆了大眾對她的熱議，然而她卻對自己的出名感到意外，在博客中說自己的身分順序是女人、農民、詩人。「我希望我寫出的詩歌只是余秀華的，而不是腦癱者余秀華，或者農民余秀華的。」

文學叢書 437

搖搖晃晃的人間：余秀華詩選

作　　者　余秀華
總 編 輯　初安民
責任編輯　鄭嫦娥
美術編輯　陳淑美
校　　對　余秀華　鄭嫦娥

發 行 人　張書銘
出　　版　INK 印刻文學生活雜誌出版股份有限公司
新北市中和區建一路249號8樓
電話：02-22281626
傳真：02-22281598
e-mail:ink.book@msa.hinet.net
網　　址　舒讀網 http://www.inksudu.com.tw

法律顧問　巨鼎博達法律事務所
施竣中律師
總 代 理　成陽出版股份有限公司
電話：03-3589000（代表號）
傳真：03-3556521
郵政劃撥　19785090 印刻文學生活雜誌出版股份有限公司
印　　刷　海王印刷事業股份有限公司

港澳總經銷　泛華發行代理有限公司
地　　址　香港新界將軍澳工業邨駿昌街7號2樓
電　　話　852-2798-2220
傳　　真　852-2796-5471
網　　址　www.gccd.com.hk

出版日期　2015年 3 月 初版
2021年 7 月 10 日　初版四刷
ISBN　978-986-387-024-1

定　　價　330元

國家圖書館出版品預行編目(CIP)資料

搖搖晃晃的人間：余秀華詩選／余秀華作.
--初版.--新北市：INK印刻文學, 2015. 03
304面；14.8×21公分.--（文學叢書；437）
ISBN 978-986-387-024-1（精裝）

851.486　　104002807

舒讀網